解剖一隻埃及斑蚊

羅蜜多 著

歷史傳承古往今來，
書寫建構一座文學的城市

　　文學，可以被視爲是一座城市中，最具價值的永恆礦脈。漫步在巷弄裡的美好日常，百態生活在文人筆下變得立體清晰，遊走於歷史與建築之間，觸碰空間與記憶的標籤。臺南擁有絕佳的地理人文，先天豐沃的文化底蘊，多少作家借以筆墨書寫，吟詩作賦，淬鍊出城市裡不同質地的精華。

　　臺南作家作品集出版至今，已來到第十二輯，今年入選的五部作品，各自展現出獨有的生動氣韻：由王雅儀所編的《李步雲漢詩選集》，從詩人李步雲的人生經歷，到相關史料文獻的彙整，包括過去參與文壇活動的紀錄，並深入作品之中探究其詩觀及其特色，實屬可貴；由作家粟耘的夫人謝顗編選的《停雲——粟耘散文選》，在其編選的散文之中，處處可見夫妻兩人的相知相惜，以及隱居山林後的恬適日常，編選用心更留下無限感念與情思。

　　散文寫下作家最切身的經歷體悟，詩人以精煉的文字詞彙，爲詩句注入想像的力量。王羅蜜多一手寫小說，一手寫詩，這幾年嘗試不同文體形式的創作。睽違多年的詩集《解

剖一隻埃及斑蚊》，將他過往獲獎或遺珠之作，以及陸續對照心境轉折的其他創作，重新梳理後集結成冊。

　　寫出地方人情，城市風味的方秋停，成長的歷程與所見所為，都成為她創作的養分，《木麻黃公路》有著勇氣與寬容，愛與珍惜的各種點滴；將繪畫的色彩帶入創作，生命的廣度與藝術之美，成了郭桂玲寫作的獨特視角，用各種細節堆疊出人物的真情流露，《竊笑的憤怒鳥》更像是懸掛在城市裡，一幅幅令人傾心的小品畫作。

　　傳承古往今來，小說打造出生動的虛擬世界，要想進一步認識一座城市的美，得從文學開始。走進一座城市，探究城市裡的人文與精神，就能寫出靈魂的本來模樣，也能描繪出一個時代的輪廓與氣質。體悟生命的真諦，亦是寫作的本質，書寫歷史成為記錄，把社會的發展與環境變遷，化為創作題材。

　　若要建構一座名為文學的城市，就要從「臺南」開始書寫。無論世代青壯，作家們寫作採集的行為，不僅往城裡、城外去挖掘，甚至大聲談論各種真實的議題，讓這片沃土變得更加獨特鮮活。因為文學，我們再次看見了人，以及這座城市最真實的面貌。

臺南市　市長　黃偉哲

文彩筆墨如蝶飛舞，
打開書寫與日月爭光

　　四季如歌，風月秋花，歷史隨時光的流逝而沉澱，積累出獨有的文化底蘊文學亦是見證歷史的另一種方式，不同世代的作家，人人筆耕不輟，將自身的心境意念，抒發寄情於詩文、小說等文學體裁之中。

　　文人字字生花，如墨蝶在方格間翩翩飛舞，振筆疾書之際，更將自身對生命的感念，凝縮於書扉紙頁之上。創作需要恆心毅力，有時更是孤獨的。傳承先代前人的開拓精神，寫下對人生的觀照領會，以及對這片土地的情懷和感激。

　　臺南作家作品集是一長期的出版計劃，此系列旨於深耕臺南在地的創作能量，納入新舊世代的觀點，以及對臺南文學的展望與想像。每年持續出版多部精彩的作品，也為城市累積出更為深厚的文學群像。從地景、建築到歷史記憶，市鎮繁華的喧囂日常，沿海風和日麗的自然生態，這些城市的肌理也忠實地體現在作家的書寫之間。

　　今年選出的五部作品，分別為：李步雲著，由王雅儀所編的《李步雲漢詩選集》，內容以臺南麻豆出生，本名李漢

忠，詩人李步雲的漢詩作品為研究對象，大量收集完整的史料記錄，更將詩人的創作生平仔細彙整；粟耘著，由謝顗編選的《停雲——粟耘散文選》，集結粟耘過去數十篇的作品，如雲彩輕盈的文字，搭配墨彩的插畫，使文中有畫，畫中有文的呈現更顯珍貴。

詩人王羅蜜多的《解剖一隻埃及斑蚊》，已是睽違八年的華語詩集出版，詩人將過去十年累積的閩華語詩中精選，重新解剖並同時審視自己，創作的初心與起念；以自己的家鄉臺南來敘事，作家方秋停在《木麻黃公路》中，將往昔所見之種種變遷，轉為寫作的題材；從事美術教學的作家郭桂玲，將透過藝術之眼，寫下平凡之中不同的面相，《竊笑的憤怒鳥》也藉此傳達正向思考的生命態度。

以城市作為發展故事的藍本，作家寫下歲月的腳步，用文字紀錄著生活的氣息，嵌入內在情感與價值的作品，往往使人留下深刻印象。城市因人而有了溫度，人因體驗而有了更多的想像。打開書寫，創造更大的敘事舞台，這座城市的自由與廣闊，能與日月爭光，與萬物爭鳴。

臺南市政府文化局 局長

葉澤山

主編序
文學行道樹風景

　　二〇二二年第十二輯《臺南作家作品集》要出版了，這不只是臺南市的年度要事，更是臺灣藝文、出版界的盛事，因為臺南市政府累積十一集、七十餘本的成績，已經建立了優良的口碑。

　　今年徵選作品九件，通過審查予以出版者五件。其中兩件是評選委員推薦作品：《李步雲漢詩選集》、《停雲──粟耘散文集》，應徵作品入選三件，分別是：王羅蜜多的詩集《解剖一隻埃及斑蚊》、方秋停散文集《木麻黃公路》、郭桂玲短篇小說集《竊笑的憤怒鳥》。這些作家（含推薦）的共同特色，就是著作豐富，且都是各種文學獎項的常勝軍。

　　《李步雲漢詩選集》，由國立臺灣文學館研究員王雅儀主編，全書六章，除了從李步雲（本名李漢忠，1985～1995，麻豆人）約一千七百首古典詩作中精選五百六十首以饗讀者，還蒐集了照片、發表紀錄、日記、研究篇章等相關資料，甚至做了文學年表，是一本相當完備的研究資料集。

李步雲生前活躍於吟社，其詩亦多屬擊缽性質，個人感懷抒寫性情者雖少，但亦爲嚴謹之作，頗有可觀。

《停雲──粟耘散文集》由粟耘的夫人──散文作家謝顗選編。粟耘（本名粟照雄，1945～2006）是臺北關渡人，中年後居住麻豆。早年即以「粟海」之名馳譽畫壇，書、畫、文，都著有成績，出版著作二十餘冊，曾獲金鼎獎和優良文藝作品獎等。他的文字簡淨而意境深遠，在日常生活中靜觀萬物事理而自得情趣與妙旨，物我渾融的情境讀之令人悠然神往。

《解剖一隻埃及斑蚊》，作者爲府城資深畫家詩人王羅蜜多（本名王永成，1951～），選錄其二〇一二迄二〇二一年華語詩七十一首。詩人在二〇一五年後，轉向關注臺語文學，以臺語創作詩與小說，也頻頻獲獎，特別是兩種文類都曾獲臺灣文學獎，爲臺語文學的豐富、發展，貢獻良多。他追求寫作的自由，自承：「在華語創作中紮根，在母語寫作中得到解放。」寫作的質與量，都是老而彌壯。

《木麻黃公路》，作者方秋停（1963～），除了臺灣各地方文學獎如探囊取物外，幾個重要文學獎：林榮三文學獎、吳濁流文學獎、梁實秋文學獎、時報文學獎等也都收在她的文學行囊中。本書收其近十年散文三十四篇，她的作品與她生活的時空、經歷的人事結合很深，「爲愛與感動不停

書寫」、「寫出值得記憶的愛和感動」是她的創作追求，也是賦予自己的創作使命。

　　《竊笑的憤怒鳥》，作者郭桂玲，是臺南知名的美術教育工作者、插畫家、繪本作家。跨界寫作，也繳出亮麗的成績單。本書是她的十篇短篇小說創作集，寫作動機來自生活或聽聞的觸發，題材則多與藝術創作和教學相關。作者的創作理想是「透過藝術的追尋或學習」提升生命的境界。對於文學創作，她致力「傳達正向思考的生命態度，兼寫臺灣城市之美與特色」。

　　臺南作家作品集從種下第一棵樹到今天，已經蔚然形成文學城市的行道樹風景，迎風展姿。站在今年種下的這五棵樹下，左顧右盼，願這排行道樹能蜿蜒到遼夐的遠方。

　　　　　　國立高雄師範大學國文學系退休教授　李若鶯

自序

為何解剖一隻埃及斑蚊

　　二〇一五年，臺灣爆發登革熱，最嚴重的府城，確診超過兩萬，死亡一百一十二人，主要病媒便是埃及斑蚊。而我居家的北區，是府城確診數最多的地方，難免人心惶惶，尤以年邁母親剛手術出院，更是戒慎恐懼。

　　文友疑惑的提問，何以將此惡蚊入詩，歌詠其駿馬英姿，且賦以憐憫之情？這讓我一時語塞，只能說，這是當下最有感最想寫的題材，而我以奇特的視角和詩化的語言表達出來。當時我正開始學習臺語詩，但完成後發現用詞難以達意，單「埃及斑蚊」四個字即甚拗口，因此又用華語重寫一首。此時正逢乾坤詩刊二十週年社慶徵詩，我這隻斑蚊竟然飛去半年後復返，嚶嚶告知：獲得第五屆乾坤詩獎了！

　　十年前開始在部落格發表華語詩，即興速成又免審查，不亦快哉！但諸多詩文難免粗淺，後來在吹鼓吹詩論

壇得到紹連老師的啟發激勵，才能漸入佳境。二〇一二年、
二〇一四年吹鼓吹叢書爲我出版了《問路　用一首詩》、《颱風
意識流》兩本華語詩集，但自二〇一五年迄今，出版的詩集《鹽
酸草》、《王羅蜜多截句》、《日頭雨》、《大海我閣來矣》、 小說
集《地獄谷》，卻全是臺語作品，以致被文友認定爲「臺語詩人」，
且是各類文體均以臺文書寫的作家。其實此間我仍持續有華語
詩作，只是數量不多。

　　二〇一五年開始，我這「食老出癖」的花甲作家竟連續在
文學獎競賽獲得大小獎項，包含詩、散文、小說各類至今達
三十五件之多。人生突發的轉折，莫名的激勵，卻也使自己六、
七年來一直耽溺在競賽中，耗費時間精力，甚且很多日常的、
非比賽用的作品都躺在檔案夾裡，不見天日。

　　去年底《野薑花詩刊》專訪中，提到華、臺語詩的轉換與情
感問題，讓我回顧了書寫重心由華語轉換臺語詩的過程，是在
華語創作中紮根，而在母語寫作中得到解放，兩種其實是互補
而非相互排斥。在蘇紹連老師二〇一九年的〈我叫米克斯〉華
語、臺語混搭詩集中，附了一篇我寫的《詩語言 lām 雜的滋味》，
其中論及自己幾年來大量使用臺語創作，但在日常語言中，由
於華語、日語、臺式日語、英語的流動，混搭在所難免，而多
元的包容力可使創作展現豐富性及趣味性。

　　另外，我反思目前數量頗多的縣市文學獎，大都規定內容
須與地方有關，所以不得不去蒐集相關人事地物，復以現場踏

查，而取得素材經過醞釀後，更需研究結構、營造意象、雕琢文字，以增加獲獎機會。但是這些得獎作品以及未獲獎的更多作品，與這些年出版的幾本詩集大多格格不入，所以除少數曾在報刊登載過，大都躺在檔案夾裡，漸漸遺忘。

去年開始我轉而專注於臺語小說創作，只選擇極少數文學獎參賽，行有餘力則整理舊作。於是這本《解剖一隻埃及斑蚊》就在春節期間編輯完成，更倖而通過二○二二年臺南作家作品集徵選，得以順利出版。

本詩集是編選二○一二到二○二一年間華語詩創作，合計七十一首，分為五輯：

輯一、「飆走的砂丘」，包含族群、生態、生活感悟等十七首。「飆走的砂丘」，是二○一九年臺南文學獎首獎作品。

輯二、「在被窩裡遇見愛斯基摩人」，涵蓋影劇、旅行、愛情、苦難等詩作，以及城市漫遊中偶發的小詩等十八首。

輯三、「致化及蠻貃碣」，以地誌詩為主，內容豐沛篇幅較長且多組詩，涉及生態感傷、族群苦難、生命情懷等計十七首。

輯四、「解剖一隻埃及斑蚊」，內容多具奇特想像，涉及疫情、電影、民俗等，並有一些臺、華、日語的混搭書寫，計七首。「解剖一隻埃及斑蚊」是第五屆乾坤詩獎作品。

輯五、「關於馬列維奇」，關聯愛欲虛妄、宗教修持、意象與空無等思考，多是二○一二到二○一四年間作品，計十二首。

這算是我在二〇一四年出版《颱風意識流》後，暌違八年再出現的華語詩集了。在編選中捨棄一半以上，甚至對某些十年前的詩產生陌生感且懷疑是否為自己的作品，究竟這十年間我經歷了多元跨界書寫以及風格的變異，轉換間難免在腦海上空「相拍電」，需緩衝一下才轉得過來。

　　詩集以《解剖一隻埃及斑蚊》為名，有如自我解剖。一九九九年起我熱衷於藝術創作，二〇一〇年又投入文學創作，最愛諷喻、詼諧、黑色幽默等題材，這類創作內容也經常出現在澎湃洶湧的想像中。所以如果讓我來解剖這本詩集，可看到前三輯選用了幾篇得獎作，以及一些未獲獎的投稿作品，而其中第三輯的地誌詩納入了豐沛材料，用力經營結構、意象的痕跡尤為明顯。但坦白說，個人更喜愛末兩輯中幾首二〇一二至二〇一五年間的作品，那是一些投入文學獎競賽之前的自由書寫，這些作品似乎讓我看到了斑蚊再度以駿馬之姿廻身昂首，朝天激情嘶鳴。

　　　　　　　　二〇二二年六月二十七　寫於府城三分子

目次

輯二　在被窩裡遇見愛斯基摩人

輯一　飆走的砂丘

飆走的砂丘

有熟氏

吹冷氣吃沙西米的時候
父親談起西拉雅，聽說
在日治時期戶口抄本
可以找到祖先的足跡

父親撫過寬額大眼的臉譜
又伸展胳臂，露出像番刀割痕的
一條線，說是祖先的印記

真的，就在戶政所尋到
曾祖父的姓名上方，黥了一個熟字
證明，我們是有熟氏

巫女之山

古老的戶籍資料，每個住址是一段
陌生的旅途，每個詞是一個階梯
每個字都讓我們的心，震顫

北頭洋，巫女之山
神話故事一般，我們走進古早的傳奇
巨大的粿仔樹伸出幾百隻手招搖
掌紋是西拉雅的地圖，廣大的平原
奔放的溪流，淙鳴中巫女的祈語
隱隱約約吟唱著耕作，狩獵，愛情

巫女的心臟在坡下，沈寂多年
又噗通噗通跳動起來
古井的吊桶汲水，潔淨了聖地

飛砂走石

夏日的午後，我們登上望高寮
帶著歷史之眼，進入飛砂崙時空演義
赫然幾里之外，有西拉雅勇士風馳電掣而來
他的身後砂石滾滾，揚起滿天塵霧
瞬間，一座飆走的砂丘趕在落日之前
到達地平線

這不可思議的速度，使我們暈眩不已
走下望高寮，塵霧漸漸散去
勇士已消失，曠野中遺留深深沒入
蔓藤中的墓碑，幾行數百年的文字
躺在靜止的飛砂崙前，喘息
「程天與，父子面君三次」

花甲之年的父親，與我，面祖第一次

失語獸的巢穴

我們又困入都市裡的巢穴

那天面祖之後，風砂跟隨回來
在巢穴外翻滾，舉行西拉雅祭儀
有些<u>摩挲</u>門窗穿越縫隙，變成音符
細語著飄蕩風中已久的，西拉雅語

不久我們再度走出巢穴

像飛番一樣飆行，踏著祖先的土地
穿過斑芝花，沿著將軍溪，追逐太陽
mariyang wagi ！ paranag, isip, aluf, karutkut
我緊緊握住原鄉揚起的每一粒砂
新生兒一般，牙牙學語

二〇一九臺南文學獎首獎

註：西拉雅語：mariyang wagi 日安；paranag 樹木；isip 花；aluf 草；
　　karutkut 小河。

九十個島嶼的母親

大海母親

大海哺育的九十個島嶼
不分高矮胖瘦，都是心肝寶貝

大海，每天早晨吹起床號
每個島嶼每個人高舉雙手
像花萼一般托著天人菊

大海，在陽光下演奏進行曲
激勵魚兒成群結隊奔騰
勇猛地游往石滬，躍入網罟

大海，使盡全身力氣推動
船隻繞行千百年的美夢
島與島的每個礁石都是親戚

派六個燈塔守護，輕唱安眠曲
大海撫慰每個島嶼每個寶貝
在寬闊的水床上，舒適睡去

咾咕石厝

大海不分晝夜，洄漩著
輕撫島嶼的小腿肚，洗滌足趾
又嘩啦啦快樂地退去

姓氏澎湖，九十個兄弟姐妹
都是大海疼惜的兒女
大海趨使珊瑚礁石，一個一個
隨著人們上岸。疊羅漢
築起堅實可安居的咾咕厝
又列隊為農作物擋風雨

咾咕石有浪花般的眼睛
鹹澀的淚珠早已結晶離落
咾咕石有海一樣的聲音
在牀邊，用愛凝視著嬰兒
唱起很輕柔的搖籃曲

伸長脖子的井

大海哺育的九十個島嶼
需要洗滌，也渴望飲水
他們探尋身體的孔穴
進入心湖汲水，愈陷愈深
漸漸地，他們汲不到水
卻伸長四千五百個脖子
呼喚：水呀水呀
慈愛的大海母親，竟是
讓身體的一部份
進入機器殘酷的輾轉過濾
用她純淨的血液
哺育九十個寶貝兒女

丼

在最大島嶼的旅人，一對母子
食過中央有魚的丼飯後
遊逛到中央街。小孩嚷嚷
這四碗丼飯裡面都有
半個月亮，還有海的聲音
圍觀的旅人都恍惚
走進四百年前的時空流隧
隨著魚群泅往光亮的出口
人和魚一起對著大海呼喚：
母親啊，母親！

二〇一八菊島文學獎優選

註：
1. 日治時期日本政府於大正五年（一九一六年）測得澎湖群島六十四
   座島嶼，官方文獻紀錄及資料之引述，長久以來均以此為依據。但
   在二〇〇五年十二月，澎湖縣政府委託國立高雄應用科技大學調
   查，結果顯示，澎湖縣的島嶼共有九十座。
2. 在澎湖有人居住的島嶼上，總共密布了四千四百口淺水井，以及
   一百多口深水井，它們各自以不同的方式，牽繫著澎湖人的生存命
   脈。

自拍 ADG

新聞：殺人犯有思覺失調症，判決無罪釋放，輿論譁然。

譁然，是有幾千年歷史的
愚昧盲從的集體無意識
其實，我是乘金馬車來到地球的
知道嗎，有翅膀的 Angel
熾烈的光芒，金邊的雲朵

安琪兒的頭

上帝也有被蒙蔽的時候
我是一隻鴨，後來變成一隻鵝
但這都不是本我，The Self
對，榮格說過的
在一個靈異的夢境之後
我的羽毛被截然修剪，不留一絲毛邊
又斷然插入我的頸項，美麗的裝飾
從此，我的頭倒轉過來
看到的，和思考反方向
這是上帝的錯，尼采說的

扁嘴達克

我從牆上一幅山水畫走出來
名字就變成英文了
Duck！ Duck！
這扁平寬嘴，成天這麼叫我
回不回答又如何
反正我的羽毛已被拔光
成為球的裝飾品
現在只能用光溜溜的手
拍打，在蜘蛛網上方飛行的頭
手腕要往下扣，才有力氣殺球
上帝說的

長脖子古斯

早就斷言我

成不了天鵝，飛不上天的

但是，我轉個彎讓本我和自我分離了

Id，Ego，佛洛伊德說的

和 Duck 不一樣

Goose，Goose，不用扁著嘴叫

我只要拉長脖子，仰天長嘯

唱滿江紅，接著下水潛游

至於拍打，我可是堅強的左派

擅長反拍救球，看吧

達克把安琪兒打到幽暗的邊界處境了

我卻不忍那個黑心的魔鬼殞落

不要趁人之危，上帝說的

一起飛

Foul！邊線裁判偷偷示意
可以聯合對抗這個自以為是的世界
ADG 一起飛，魔鬼偽裝上帝說
誰自認無罪，就先扣下手腕
但我知道，譁然的輿論早就失去了手腕
而且你們下墜的頭，並沒有羽毛

二〇二〇・七

花鳥畫

新聞：整片樹林都被砍光，為了蓋一間工廠。

一幅飄搖的畫

展開單薄的身子
讓藍鵲回頭
回頭
整幅畫的楓香、鳥榕、牛樟、波羅蜜⋯
被一群頑童亂筆塗鴉了，包括溫暖的巢
一片沙塵緊抱落葉，在紛亂的荒野中下墜

一座水泥樹林

縫隙中的天空，黃昏侷促地伸出手掌
把尷尬的臉龐抹紅，帶著腥臊上場
風，排開熱浪奮力洶湧
為藍鵲導覽這座新時代，雄偉浮華的灰樹林
有凝練的枝幹，隱喻的葉，藏身樹穴的花
倚偎著一幅厚重的畫

現代化的鳥巢

那邊，一對輪流孵蛋的斑鳩
被憤怒的叫囂喚醒，鳥喙如飛劍落下
大難臨頭東西飛，卻又不約而同
遷徙到紛亂荒野，那幅癱軟的畫上
築巢，伴隨一些雨花斑斑
而陽臺間隨興舖設，假朦朧的雨遮
變成藍鵲的新家

新聞：那巷子裡每戶門口都種了一棵楓香，號稱楓香巷。

辮子女孩

兩條髮辮有淡雅的花香
她把鵝黃色的花撒在斑鳩的家
每天喜悅的，等待南風翠綠的聲音
嘴裡含著知足的微笑，直至有天
赫然變換的浪游者，驚叫著
辮子女孩睜大雙眼，裡頭有了陰晴無常

孤獨死

數日霪雨霏霏
夜半莫名的孤獨感，突然降臨
冰涼的羽翼，滲入漸次失溫的內心
藍鵲望向玻璃窗內，陌生的
硬象派畫作，攔腰截斷的樹幹底下
尋不著一隻小小虫子
這個聖誕節，滿腹迷亂的都更鳥
吞下裝飾的小星星，哽噎而亡

楓香巷

經過雙重死亡襲擊的女孩
麻花辮子枯萎，也失去了馨香
日日蹣跚巷子裡，朝天空喃喃自語
以致於硬象派畫中的貴重顏料
紛紛溶解，淚水般淌下來
一棵棵雲生的楓香樹
幾年後，藍鵲斑鳩成群來築造新居
女孩的辮子再度揚起芬芳

二〇二〇‧六

臥底

疫癘急急，罰鑷律律。

就來臥底，臥在萬丈深淵。直到長出尾鰭。

有力的尾鰭，拍拍拍，水花向上九千丈，又散落成雨。

老婆今晚清蒸一條魚，雨水熱騰騰，老公何處去？

抱著手機，深潛到廚房臥底。臥成一臺洗碗機。

碗碟竟開始推敲字句，用我朗朗上口的尾鰭。

手機且趁機逃離，而我要往何處去？帶著魚眼照相機

再來臥底，臥在迷離香氣。直到長成咖啡樹。

山風習習，這裡是阿拉比卡足下的衣索比亞

「被太陽曬黑的人民居住的土地」

日日夜夜有黑珍珠美女，載歌載舞。媚眼凝睇。

老婆飯後更衣漱洗，即打開電腦線上彌撒。起立

坐下，跪下，又起立，唱聖歌，祈禱。

向上的聲音直衝一零一，祥雲瑞集。老公何處去？

我，我臥底為咖啡機。咖啡豆，黑珍珠，魚眼

都在耶加雪菲裡。耶穌說，咖啡是我的雪，拿去喝吧。

老婆關視訊，收念珠。老公何處去？

我居家臥底，臥在洗衣機。大海滔滔滌我罪孽。

鯨魚施放水煙火，普天同沁微解風。魔鬼藏在暗流裡。

我不斷旋轉，旋轉在地獄拍尾鰭。拍腳底。

老婆帶著十字架來驅魔。急急如律，奉耶穌基督之名
不要再滑手機了！向下的聲音，阿拉比卡翻騰絞滾
洗衣機吐，吐出香消玉殞的衣索比亞美女。
煙霧迷離，無處可路無所可倚。我是誰，我在哪裡？
居家隔離的奸細，要你戒詩，戒得一點也不徹底。
拿去看吧，你的眼睛在這裡。

二○二一‧七

註：衣索比亞，古希臘語意為「被太陽曬黑的人民居住的土地」，因盛產「黑
　　珍珠」般的美女而被稱作非洲的「美女之國」。衣索比亞的耶加雪菲亦
　　是咖啡的重要產地。

誤讀

床舖狼藉，一件花洋裝
平整攤開命案現場
探長勃起鼻頭，畫出氣味弧線：
花紅似血。不，他改縮綏鼻尖
將線拉直：血如雪，誤解了

窗外果然下起雪來
一陣陰風把厚絨簾布緊緊閉上
暗中，探長顛簸著摸索另一房間
可能就是這盞燈，泡泡地笑⋯
伊的右肩輪被推，往前幌了一下
雖稍有抵抗仍不失為半拒半迎
伊的身軀微捲長髮束成馬尾
腳底傳出嗚拉嗚拉怪異的哀叫
隱喻：產業文明機械式的性侵

探長細小的紅眼鎢絲鎢絲眨動
尋找伊的左手。在木馬依然搖擺
的地板上，一支滾輪的 XO 酒瓶

堅強地欲穿過一個細小的針孔
隱喻：猛虎的詩中沒有難字

鑑識人員色色地放大每一吋胸口
的每一朵碎花，一針一針縫過去
居然串起了一曲雜沓的華爾滋
舞步中僅有三只鞋痕
隱喻：清純的灰姑娘僅逃出一隻腳

沒有足跡的美麗的長腳，覆被三更雪
雪如血，誤讀了。探長點燃性器一般的
雪茄，煙圈絞滾而出，紅海分湧兩邊
果然是先知，眾警車呼嘯起來

他們押著一部拖吊車
車後拉曳一個昨夜酗酒聲音沙啞兼職舞師
生肖如虎的男子，這男子
不，這女子，猶然沈醉在紛陳雜沓的
騎馬的隱喻中

二〇一八‧九　吹鼓吹詩論壇推理詩專題

刻印

一紙
急急如律令
綑綁我
於刑臺

而刀刀
削
大名的贅肉
針針
剔
小名的筋脈

小孩與老人的
哭與笑
都忍住了

而水火中的
削削削
剔剔剔

令我的傲骨
暈厥

功名消散了
再甦醒
劊子手冷冷笑
先生
凌遲費用
四十

二〇一九 · 一 　觀看刻印有感

致此刻

此刻，妳
初聞吾名
的刻印者

此刻，妳
翻轉吾名
奮力剔除
贅肉，妳

凝神關愛
尚且嬌喘
細心拯救
吾名逃離
死硬碑石

或許，妳
渾然不知
我性頑劣
下一刻將

蓋章蓋章
蓋章蓋章
蓋章蓋章
奮力，以

簽證確證
做證借證
明證暗證
舉證偽證

回報妳的
再造之恩
以及曖昧
的，喘息

此刻，妳
不如連骨
帶肉刮除
虛名浪名

使我無時
無刻無姓

無名

回歸原初
碑石之中
我將即刻
溫潤回報
妳，純真
的刻印者

二〇一九·一

哭牆

夜半起身爬牆｜讀自己的詩
｜卻怎麼讀也讀不完｜因為
每讀到末句｜總又莫名增多
一句｜便在盛怒中動手拆牆
｜想不到竟拆了自己的手｜
於是指頭紛紛跌落｜繞著頹
危的牆行走｜呼口號｜亂邦
不入｜亂邦不入｜亂邦不入
｜亂邦
直到滿牆淚流｜血流｜也不
停止｜直到磚石暴怒紛紛發
射｜向水月｜向胸口｜永不
止息｜永不止息｜永不

二〇二一·五

致夜婆

暗夜書寫的
玄黑幢幢，出走了
什麼，鬼

高聲詠唱的
極白光暈，降臨了
什麼

你，看不到觸不著
堅信很神的
鬼，在祈禱中
等待的，你

恆久耐心等待的
誰，又來
撕去虛假皮囊
閱讀

一支支露骨

因極度聲張而

崩壞的，誰

二〇一九‧二

特效藥

　　有肚量的人
　　顫抖抖的手
　　分食
　　回春良藥

　　血壓藥微甘
　　血醣藥微澀
　　血脂藥微甜

　　很有效的

　　降
　　降
　　降

　　身高下降
　　視力下降
　　聽覺下降

有愛心的神
騎歲月
分享有益行走的
降頭葯

很有效的

二〇一九・一

掐

古老的戲院，古老的飯局。

才一腳踏入，銀幕就大叫：
「我掐死你，敢不敢，說！」

我嚇得趕緊入座，低頭吃飯，配一條魚。
我猛力掐住魚的脖子，進而把頭截斷了。

我終究對著死魚的白眼說了：「敢！我敢！」

二〇二〇・九

註：新竹內彎老街舊戲院改造成餐廳，用餐中放映老電影。

晨跑

早安，禮拜二
早安，沙崙線
早安，構樹，合歡，牽牛
電線桿，收訊塔，樓房，牆
三隻野狗，接著
我心裡那朵善變的雲
也奔馳起來了

二〇一九・十　在高鐵上

夠了

時日不再優渥
扁平的鼠麴舅，萎縮的欖仁葉
都在書冊裡獲得小確幸
吻詩叮咖啡。蚊子說：夠了

二〇一八・五

註：鼠麴舅、鼠麴草、厝角草、清明草，可製成草殼粿。

淚然

一滴淚水滴入眼睛，詩人淚然

詩人寫詩太多，眼痛
醫生說，形容詞用太多
眨眼拭不去，磨擦又生熱
造成乾眼症

醫生給藥名「淚然」
人工製造的自然眼淚
日點四次，詩中意象纍纍
每讀一行，濕三張面紙

為求快速，日點八次。
夜半突然靈感波動，詩人
起床攤開日前殘稿，淚然
眼眶流動，濤聲隆隆
一眨眼，又見岸邊有群象
或坐或立，或偕伴奔逐
煙塵滾滾，盡是意象

詩人流下兩行瀑布，竟不知
是自然或人工

二〇一九・八

註：「淚然」點眼液，可緩解眼睛乾澀症狀。

　解剖一隻埃及斑蚊

爲河

柴頭港溪散記之一

通常我
以腹語談論燒肉
而對於肉邊菜
使用舌音
而後走過柴頭港溪
心愛的嘴唇輕啟母語
食飽未？
城市的七情六慾紛紛
便躺下，成為河

二〇二一·四

清明‧無雨

清明時節陽光紛紛
點燃金銀大鈔紛紛
炙烤墳前食物紛紛
刺痛肉身。

雨，還沒來。
而且斷訊了。

我們舉頭望向天父
卻看到先父的眼睛

我們不求雨，只是
祈望母親病情隱定。

　　　　　二〇一五‧四　母親龍骨手術失敗致半身不遂

輯二　在被窩裡遇見愛斯基摩人

鐵馬

鐵馬何其瘦
只有風和骨
磨語
達呀達呀達呀⋯
料必
輾轉一千年

二○一九 · 一

椅子

再一分鐘開映
所有椅子
正襟危坐肅然
向漂浮過來的
一朵白雲
致敬

白雲擱在某個椅子
（幸運之椅嗯一聲）
後面一大群空椅子
眼巴巴期待著這
惟一的雲朵變得烏黑
可以下一場大雨

燈泡一直拌黑臉
將近兩小時
白雲猶然如羊
白綿綿擱在椅背上
像延續昨夜未竟的睡眠
空椅子們

都發出空空的嘆息

再一分鐘結束
白雲顫了一下準備離去
倏然，劇中人歇斯底里躍進海中
潮水濺起的浪花噴向白雲

白雲又顫了一下
幾滴珠淚從變灰的臉頰滾下

所有椅子都站起來了
銀幕不停的釋出嘩嘩的
謝詞

（管理員開門察看）

二〇一九・五真善美戲院看早場電影

貓小姐

不忍叫醒，餐桌上
享受午後暖陽的妳
可這睡姿實在太過
春光明媚，貓小姐

我敲鑼打鼓，趕走
一群性緻勃勃的公貓
而妳，竟然只是

微微動了一下
鬚鬚，貓小姐

我拉上窗簾
置放路障
施工中禁止通行
而妳，依然只是

輕輕揮了一下
爪爪，貓小姐

我要熄燈，走了
先溫柔幫妳蓋被被
安心睡吧，貓小姐

二〇一九 · 六寫某觀光餐廳的貓

親愛精誠

親愛的，我們
已不在，京城

（心愛的，咱
已經無精神）

（四箍輾轉的
俥傌炮攏離開矣
仕相，士象
霧霧分袂清楚）

親愛的，我們
已不再，精誠

（親愛佮精誠
緣份愈來愈薄
一人行一路）

二〇一九・一

註：高雄橋頭糖廠原警勤隊前屏風，上有斑駁的親愛精誠字跡。

樹林

騎腳進入樹林
進入風
陽光一剪一剪
裁我
木木木木木⋯
一鬆手
懈了
滿山溪河

二〇一九‧一

發泡詩

我，飽含碳酸納
純鹼，易溶於水
在空氣中吸收水份
會結成硬塊

我，是蘇打餅
一袋六包，每包四片
餅干上有十六個孔
咬一口，細屑滿地

想吃我嗎
一袋？一包？一片？一孔？
或者，像螞蟻一樣
只要地上的屑屑

二〇一九‧八半夜吃餅有感

轉角

轉角，有風
習習的巷子很長
弄很深
轉角，有雨
答答的屋頂很低
夢很沈

再轉角

有
妳
繞著我的臉跑不停

二〇一九・六

臺客濕情詩

百年來，直直
將巫山小路用
烏雲掩藏，親
像，複製的奮鬥史（ふんどし）
遮蔽了滿腹陰謀的補獸器

毛毛雨呵，汝敢是按呢
一直苦苦等待，雞啼鳥叫
毛毛大雨的日子

二〇一五・九

無堤

畫，不出來的時候
我一刀割破
即奔湧出一條澄澈的河流

畫裡春天映照落花綠光漂移
水下烏溜的眼珠望著夕陽與我

多年柳聲依舊拂面騷耳
新生鳥鳴和遠行的船螺
都藏入腹語，而

淚水晝夜不歇，漫越我們的小窩
未及收拾的小紅鞋，早已漂走

寫，不出來的時候
我一筆戳開
黃昏便流洩下來
一件有山杜娟野百合的花裙子
裙底歲月覆蓋我抖擞的雙手
老花柳條已畫不出風中款擺

此刻河邊蟬聲依舊朗讀花綠的詩
而我的眼珠再度深潛古遠水域
窺視，妳我的來世：

淡墨青青，散步在無堤的河畔

　　二〇一六　風過松濤與麥浪──臺港愛情詩精粹

牲醴的跨年夜

一副牲醴癱在沙發
假日的午前午後到黃昏
供奉電視
神目光閃爍：他媽的隔夜菜

一個厭煩提起牲醴
他幹著穿過鳥門，沒入陰鬱的框形
逃往天空底下一群高樓叉開的胯間遊蕩

每個城市每棟房子每棵樹每個人
都是一副牲醴
敬神的時候彎腰閉眼
暗暗審視自己軟弱的模樣
真是需要神的撫慰呀

他想起以前在鄉下昂首啼唱
「我欲來去臺北打拼！」
阿母拿起神嚐過的牲醴賜我
兩隻堅強的腿，一對勇敢的翅

夢裡厝腳的騷味己養晟枝葉茂密的茄苳
跨年後將要增長一歲
供奉臺北的牲醴卻依舊幾根褪色的寒毛
日日上班時時彎腰卑視胯下
啾啾咕咕：顧客至上老板至上

日頭持續往下探
昏昏欲睡的牲醴隨著 22K 的腳步
到超商買瓶上青啤酒，裝進虛假的皮囊
胯內胯外一起搖幌

他伸手抓住幌得劇烈的牲醴，猛然
幹！拔除了鬱抑的環
整個城市每棟房子每棵樹每片葉子每個人
每根鼻樑都勃起了…啾啾
連續射出一群閃爍不定的眼睛

二〇一八・七

跨年夜

他們大聲吼叫
5 4 3 2 1
書房的窗戶全嚇呆
到今天都打不開

二〇一四·一

蒂蒂

彌撒前一個小時進教堂
每個禮拜日，總是最先和天主說話
妳凝視耶穌頭上的茨冠
想到自己身上很多，去不掉
的荊棘

妳習慣蒐集花蒂，水果蒂
把青春與哀傷都鎖在鐵盒子裡
十五歲山地少女的青春
是被典當的傢俱
孝順是惟一安慰的言語

品名蒂蒂，因為長相甜美像樂蒂
曾經一起打飛鼠的男朋友
還來不及扮演梁山伯
妳就被典當了，換一點生活費用
男朋友打一百年飛鼠的收入
也不夠幫妳贖身

妳的苦難從蒂開始
在陰暗的角落，惡男人聲稱是摩西
要分開紅海，用醜陋的棍杖
敲擊妳的蒂，用污穢的黑牙撕咬
未成熟蘋果的蒂

妳和蒂同聲哭泣，一回又一回
在煙花巷口看到魔鬼
把剛凌虐過的菸蒂擲落地上
幹！猛力踩扁，又輾入泥土中

在愛河邊，在鹽埕埔，也曾
被運到他鄉的鐵道旁私娼寮
每天凌晨和末班車一起哀號
一年又一年，男朋友停止探望
父母去逝，兄弟已衰老
妳的所有，連蒂一起枯萎了

打開鐵盒子，妳五十幾年來
蒐集的蒂，和哀傷相擁一起流淚

我也抱著妳哭泣，親愛的好姐妹
讓一切都過去

妳又跪下來祈禱，看著聖體櫃
仰望耶穌，在淚光閃爍中
耶穌走下祭臺
取走了妳身上的荊棘

二〇一九‧五

註：臺灣早期直至 1980 年代，有不少荳蔻年華的山地少女被迫賣身，淪
　　落火坑，處境堪憐。

呆呆

參觀澎湖二呆藝館

三十多年了，還是呆呆
在書房寫字，畫畫，亂想
世界的大師都很聰明
我只好呆呆的把藝術藏匿在
水墨中，陶土中，石頭中
抬頭望著我
你銳利的眼睛，瞬間呆住

有時我乘船出海，呆呆
漂浮海面，呆呆的
凝視雲朵，尋找親愛的妻子
海浪拍打船舷，哭泣濺濕了臉頰
悲傷比眼淚鹹好幾倍
我把船划進畫紙中擦拭
無人問，去了哪裡

我在書房種了幾棵梅花
從寒冬經過春夏到秋天
還不肯凋謝

呆呆的望著童年玩耍的三合院
望了幾十年，每天碎碎唸
澎湖雖是好地方，至少
也要歸鄉看一回

藝館門口的老馬備好鞍轡
呆呆的等候很久了
信誓旦旦，能跑千里
我還是不想上路
每日起床打開窗戶，望著馬公港
海風帶來許多
島嶼另一邊的訊息

譬如，你已死去多年了
還有，海水後浪往前推
你的藝術已漸被淹沒，無人問
……
唉，何必理會那些八卦新聞
麻煩都是自找

二〇一九・五

1. 趙二呆本名趙同和（一九一八～一九九五），一九八五年定居澎湖，
   一九八八年文化局提供土地興建「藝奴居」，後改名「二呆藝館」，是
   澎湖僅有的藝術館。
2. 無人問，麻煩自找，援引二呆先生詩文。

滾

滾動的你
騰起一群阿北
低頭看斑馬
嚼食青苔

滾動的街
剔挑骨皮肉
鑲嵌在傷痕的
碎石齊飛

路過古寺
神佛隨著香火 滾
阿北抬頭走來
用沈重的呼吸
負著 你

震盪的大樓
是滾的組合
每個輪有不同的黥
不同的嗓音

爆胎
卻歪斜同樣的臉

跨年夜
在火熱的鼎鼐裡
下了一場雪
沒有止滑的我 脫離軸心
仰躺著諦聽你
冷冷的說
滾

二〇一八・十二

在被窩裡遇見愛斯基摩人

氣象局指出，今天下午開始寒流影響臺灣，臺南以北最低
溫只有 8 到 10 度，空曠地區更恐出現 7 度低溫。

冰冷的冬夜

我蜷縮在暖綿的洞穴

恍惚顫抖的風雪中

浮現愛斯基摩人

迷惑我的睡眠

怎麼禦寒怎麼炊飯

怎麼做愛怎麼育兒…

在愛斯基摩的冷凍庫

我茫茫假寐

愛斯基摩人徹夜走動

披覆潔白冰雪

像北極熊輕步過來

邀我至祖靈聚居處

一個沒有雞啼的原初

雪鳴伴著神奇光暈

隨著風的語言現身

祖先，光袍中緩降的巨人
打開胸埮提出一盞鯨油燈
抖擻的火光透視我
冰冷的心

帶著虛假的人性進入雪屋
用海豹皮溫暖你的物慾吧
你將聽到人和魚的對話：

不必困惑於愛斯基摩的嚴寒
冰雪說，在神聖極地裡
像我們這般冷靜自然純潔
不會腐敗的，名為因紐特
是這世上真正的人

彷彿哈士奇在溫綿的洞穴醒來
我急急如廁去，釋出濃烈詩意
混濁的雜念嘶吼著，顫抖一身

二〇一八‧三

註：

1. 愛斯基摩 (Eskimos) 是印第安人對他們的稱呼，意思是「愛吃生肉的人」，含貶義。因紐特 (Inuit) 在他們自己的語言裡意為「真正的人」。

2. Husky，是北方地區雪橇犬的通稱。在臺灣直譯哈士奇，或翻譯為愛斯基摩犬。

在福爾摩沙看阿波卡獵逃

今夜的月亮灣
沒有月亮
漁火點燃了魚眼
紛紛潛行
靠岸躲避列強的船艦

今日的陽光島
沒有陽光
烈火沸騰了溪河
紛紛逆流
上山逃離殖民者的火炮

時間往東南西北不停遷徙，終於
來到沒日沒夜沒月亮太陽的那一刻
伊們的豹眼帶著火花，出草
朝向黑色的海洋呼嘯著

我是星星之子

從天而降的殞石將擊潰四面八方的
海盜

二○一七·二

註：阿波卡獵逃（Apocalypto），是二○○六年製作發行的電影，以墨
　　西哥猶加敦半島的古瑪雅文明為背景，講述一個男人豹掌（Jaguar
　　Paw）保護愛人和孩子，為生存而從外族侵略者的關押和追捕中逃
　　生的故事。

布袋戲

　　——為巧宛然寫給逝去的童年

也許你不會醒來，只能夢見
一群布袋人在海邊自由奔跑
他們都那麼巧小一點兒
也不像擁有繁華的都市人

他們的指尖頂著喜怒哀樂各式腦袋
釋放懷裡的笑與哭，像大海的聲音
鼓弄布袋演出高低起伏的浪
他們不像童年遇到的指尖，又長又猛
揆著你清純的額頭
令布袋迸出生硬不搭的的英語

曾經你是一隻被期許的鄉下老鼠
從幾百年歷史的布袋港漂向現代化熱潮
漸漸蛻成亮麗無毛的銀色滑鼠
也許你不願在虛幻中醒來
觀看一群穿著傳統布袋的都市老鼠
演出古典戲劇

童年已長住媽祖廟的隔壁
每次生日都開窗看被齧咬過的布袋演戲
沒有嗩吶鑼鼓只有錄音機
媽祖的指尖還會把你頂得高又懸
拋往市區補習

宛然逝去的八掌溪流入大海
你是一隻受傷的鯨魚，套著布袋擱淺
被升學主義的機械吊起
也許你已經醒來，指尖滑手機
眼睛卻流轉在時光的盆地裡
一群特別的都市老鼠正用尾巴頂起自己
表演布袋戲

二〇一七‧十一

註：巧宛然，臺北市平等國小的掌中劇團，經常在暑期到各縣市鄉下巡
　　迴演出。

三月去馬祖

航空站的穹頂一團霧
一個盤坐的壯漢，大樹般
振動枝葉，這一趟要長住

我已在天空逐浪泅行
霧說，南竿機場關閉了
請先回南部，再來

如來如不來，不知多少日
我終於飛往西方的天空
任過去心未來心，拍打窗戶
一群落葉颸颸飛，碎碎唸
這一趟要長住

馬祖列島繞著我，巡了幾次
海風鹹鹹，霧氣鹽鹽
我進入雕堡，用三十年前的姿勢
伸出釣竿，釣起
一團糾結有無的迷霧

霧說，放下吧
這一趟要長住

九十五個據點紛紛關閉警戒的眼、耳
大樹即小樹，芙蓉在峭壁上頓悟

　　　　　二〇二〇‧七　寫於新冠病毒流行之初

輯三　致化及蠻貊碣

致化及蠻貊碣

「欽命布政使銜署臺澎兵備道陳方伯撫番開墾處」
「大清光緒拾參年春雲林撫墾局委員陳世烈題」

毋論從何處來，恕我直言，你是頑石
即使擦洪洪強國的粉，抹五千年文化的脂
你仍是頑石，頑冥不靈的石頭
回顧一百三十六年前，你偽裝征服者關愛的眼神
從西往東，又由東往西，分進合擊
名為撫慰部落桀驁不馴的岩石，挺拔不屈的林樹
實則侵入我們浪漫的晨霧，溫柔的露珠以及
家人團聚歇息的石板屋

你們騷動祖靈，又指水鹿為野馬
指巒脈為蠻貊，大言不慚勒石為銘曰：教化
我們是布農族，山林之子
世世代代子子孫孫，自由自在
如巒上之奔鹿，似溪底之游魚
只因你們虛假的教化，遂顛沛流離
你成為頑石已一百三十六年，依然僵立路口

來到新時代，你哀嘆歷經百年孤寂
豈能不衰老，滿臉丹大溪劃下的代溝
恣為觀光客的玩石。你午後的鼾聲未息
青年男女已騎乘野狼，駕寶馬呼嘯而來
他們用隱形眼鏡尋找你剝落的誑語
用美甲天下的指頭觸摸你，兩百里路的風塵
突然迸出青春的呼聲：啊，國定古蹟！
而後返身集集逛老街，小火車之旅
又去明潭划動愛情，穿梭月下老人廟宇

僅有些許峰巒之友，循著歷史的脈搏
在你淚眼婆娑，滿地小飛蓬撲翅送行的清晨
深入異域，往東往東再往東探索
盤轉的磴道早經淹沒，閃亮的刀崖已然斷裂
淙淙溪流紛紛竄入幽谷藏匿。月光帳篷裡
都市的卡拉 OK，倏然在夢魘中喧騰不已
他們餐風宿露十幾日夜，于布農族人的嚮導下
在關門口關門之前到達丹社群的傳統領域
仰首嘆息：這是布農族祖靈應許之福地

而如今，丹社群的族人即將回返故土
是否風聞神鳥 haipis 的預言？你將化為完石
我們在花蓮的馬猴宛（Bahwan）祈禱
日夜與祖靈交談，約定恢復傳統名字
我們從水尾（瑞穗）開始，向西向西，再向西
一步一步，擦亮祖先的足跡。一吋一吋
療癒歷史的傷痕。一聲一聲，喚醒被咒語催眠的小米
我們在關門口開門之際，用山棕的枝葉（Asik）遮攔強光
尋找蜜蜂的窩，穿越野獸的棲息地（Asang）
我們鼓舞崖石，撫慰溪流，在鳥囀伴奏中
與水鹿山羊競逐，通過瑰麗玄奇的森林神殿
回返祖先純手工製造，卻被外來野藤佔領的石板屋
我們將潔淨祖靈應許之地，約請星星參加豐年祭
于篝火中述說祖先故事，舉小米酒高呼：丹，我回來了！
聽吧，八音合唱宛如天籟，漸次在山谷中迴盪
流泉奔瀑縱情飲酒歌，千年掌葉輕拍林間。反身吧！
即在你的背脊鐫上新時代教化史，而你將成為完石：

巒脈化漢碣

「馬遠部落族人重返丹社群傳統領域修築化漢處」
「西元貳零貳零年秋季布農丹社傳統領域守衛隊題」

二〇二一・六

註：

    1. 化及蠻貊碣：位於南投縣集集鎮廣明里，是清光緒十三年（西元 1887 年）時為紀念集集水尾古道開通，由當時的雲林撫墾局委員陳世烈所題，今與八通關古道列為國定古蹟。

    2. 關門古道：又稱集集水尾道路、丹大越嶺道。始於集集鎮市街，通到花蓮縣瑞穗鄉（水尾），是清朝所開闢的最後一條橫貫中央山脈的古道，因橫越中央山脈之關門山而得名。

    3. 原居南投丹大溪流域的布農族丹社群族人，日治時期因「集團移住」政策被迫離開原居地，近年來號召族人組成「布農丹社傳統領域守衛隊」，持續進行「修路回家」與「文化復振」的計畫。

徒手繪本

浪花立可白

媽媽，浪花該怎麼畫
海水太藍，憂鬱又不停搖晃
媽媽，我想用立可白
把一朵朵思念塗出來

魚腥味的雲

媽媽，昨夜從衣櫃的門縫裡
窺見您，雲光眩目的婚紗
想起那年春天，妳喜悅的渡海而來
加入一個有觀音護佑的家
媽媽，現在我想畫天邊的彩霞
卻塗不出顏色，只是聞到魚腥味

用林投織夢

媽媽，我只好描繪結不出果實的林投
用細長的線堆疊有刺的葉，再用力撕開
編織一個三人手牽手在沙灘上散步
吟唱月娘晚安的美夢

朦朧水觀音

媽媽，百憂解佔據了我的手掌心
但我還是想畫，您一直叮嚀
必需細心描繪的燈塔
不管她正立在灰暗的天空
或巡撫著腥味的海峽
媽媽，這回我不用立可白
而是用眼淚慢慢暈開

徒手繪本

媽媽，我在苦楝樹下徒手
畫出的繪本，一頁頁被海風翻閱
風說，要有柿餅和菩提丸不同的氣味
媽媽，您和爸爸終於分成兩岸
我坐在岬角哭號，即使耗盡力氣
拋出一條長長的觀音溪
也拔不回您

苦楝念珠

媽媽，摩西曾分開紅霞映照的海面
我卻來不及走出幽暗的內心
而今日忽然，雪白燈塔伸出了觀音手
取走虛有的繪本。風輕輕吹拂一下
媽媽，我的掌中竟有了念珠

二〇二〇・七　於白沙岬燈塔

浯江口集序

金門叔叔

是個高個子畫家
穗般黑亮的長髮
在行進中，與他的傳奇故事
一起沸沸揚揚
金門叔叔的畫布
總是長條形，橫躺時畫波浪
綠浪是蜀黍，藍波是漂流的雲
直立時，畫直挺挺的叔叔
擎起自己的頭髮長嘯一聲
乾杯！

蜀黍樂園

畫室建在荒野中
屋頂像山丘，牆角堆砌花崗石
牆上的蜀黍，以一首詩迎賓
右轉畫室，不二門。左彎聚會所
天南地北，就是不聊耶穌

來自東庄的小麥，父親是老麥
而我的母親名洪花，別號洪花生
如此蜀中三結義，聚會屢屢星期五
夜半呱呱唧唧時

卍字茉莉

不二門的窗戶雖設而常開
外面柵欄上，成群的卍字茉莉
風吹來，轉呀轉，越過佛寺
飛向西方，不往極樂之處
卻又旋回蓋在畫布上的老家
蜀黍告訴小麥，將來入伍赴金門
若不飲高粱不登太武，等同未去

聚會浯江口

聚會所的木桌刻畫浯江口，流水悠悠
有鱟仰游，有粟喉蜂虎振翅伸出長喙
蜀黍挺直腰桿，垂葉倒出淚水汗水高粱酒
酒杯順著江水向西流，一人攫一杯
乾啦！
蜀黍舉葉彈吉他，鋼絲乾涸響聲欲裂
十二首曲子，酒杯流十二回
蜀黍依然挺直腰桿，小麥的長穗已下垂
而想要書寫的我，卻扒在江邊抓住水筆
神神望著鱟魚翻身，慢慢游

二〇二〇·七　旅遊金門後的想像

陶然，五峰旗

手印輕撫晨曦
胚胎緩緩騰起
細緻的年輪有風吹拂
胸腔啟動溪流
塵俗與仙境的交會

溫柔的眼神
將夢渡往鈷藍天空
瀑布如甘露
淋漓我身，滲漉我心
春天馳騁高嶺土，召喚
翡翠釉色

七彩虹光暈染腦海
銅鐵鈷鉻錳鎳釩，靈犀
自在氧化，幽嫩幻變
紅橙黃綠藍靛紫流淌
目眩神迷的簾幕

拉出原形，醒燃一個窯洞
天火融解苦行身軀
赤紅鐵鏽文字中琅琅作響
我進入斑斑詩意的穴谷

晚霞釉燒時日
生命歷經幾度窯變
紛紛化作微笑，飄落
繁華釉花
釉上彩釉下彩皆杳然
還原素燒人生

雪山蘭陽交會地
我伸張手掌呼喚天空
倏然，神光穿透
五峰旗

二〇一八・七

伸港轟趴

六月，大肚溪多產的季節
新生的魚蝦晝夜演唱生命之歌
今天是特別的日子，貓羅溪
急急忙忙喚醒晨曦，點亮伸港
所有支流都起身唱早安曲
千萬個音符破水而出，淅瀝淅瀝
嘩啦嘩啦，展開轟趴進行曲

十二生肖化成雲，奔騰起來
太陽灑下滿天金色花朵
海風吹口哨搔弄，帶動滿場
嘻哈，夢幻般的轟趴
賀臺灣招潮蟹集體結婚大喜

在出海口樂園，招潮新郎已建造
一幢幢美麗小城堡，愛的巢穴
小圓土砌造的城牆，加上煙囪
還有海龍王贈送，綴滿鑽石的婚紗
這世紀大禮，覆遍海面沙灘

十萬隻招潮仔拉小提琴
百萬隻沙馬仔以駿馬的姿勢
表演團體舞，典禮開始
新郎新娘向海浪揮動大螯
愛的誓言一波又一波

海族都追逐浪花而來
龍蝦從龍宮蹦出，和海蜇跳探戈
海豚躍出海面，踮腳尖舞芭蕾
海浪前進後退恰恰恰
鯨魚四處繞行，施放水煙火
濛濛水霧，洋溢海洋溪水的歡笑

大肚溪和大海已結親幾萬年
驚天動地的轟趴非常罕見
虎頭山轉頭過來，閃爍眼睛
群鳥飛舞，歌聲啁啾縈迴天際
賓客們從四面八方趕來
福安宮的媽祖邀集眾神守護

今日，遊艇火車汽車加班
太陽海浪沙灘河流都加班
整個島嶼的愛情全部加班
六月**轟趴**，大海溪河的魚蝦又懷孕了
這是天地盟誓的好日子
天佑伸港，美麗的海濱萬萬年

二〇一九·五

註：彰化伸港大肚溪口南岸，有盛大的臺灣招潮族群，號稱招潮蟹的故鄉。

在彌陀舊港等妳

1

彷彿是清晨，在彌陀舊港
捧著九千九百九十九朵玫瑰
向溫潤多情的河口，求婚
細柔的貓霧光，輕輕掠過我的臉

妳從神秘的烏山緩緩泅過來
帶領一群鯽仔、大肚仔、孔雀魚
唱著 Makatto 猛醒的船歌
穿過阿加社青春的竿蓁

老阿公的雜貨店，似水族館翻騰
南北二路，一身風飛沙的人魚
在此駐驛，五湖四海的故事
泡開了嫩綠的初戀，一心兩葉

2

彷彿日正當中，妳悠悠地踏浪而來
舉起一支不斷伸展的撒克斯風
銀光閃爍的聲音，驚動兩岸鳥鳴

紅樹林抽出水筆仔在妳背脊寫詩
落葉偕同花瓣循水紋填譜
招潮蟹拉起小提琴，白鷺鷥唱歌
阿公店溪合唱團盛大的婚宴演出
驀然回首，數十載日昇日落

3
或者已近黃昏，出海口的
瘋狗浪正兇狂撕咬爆裂的竹筏
而薄暮中臉色陰沈，猛虎般的雲團
猛然撲向我匿藏水底的回憶，而妳
依舊從烏山悠悠游移過來
撒克斯風愈漸沈重，吹出破音
跟隨裙擺的鯽仔魚翻白肚，孔雀魚
大肚仔瘦骨嶙峋
是否千萬支螺絲，偽稱絢麗的錯誤
迫使仰身，任由變異的世界漂浮？

竿蓁花悄悄枯萎了，Makatto 的船歌
已被滿天蝙蝠紊亂的語言覆蓋

古典聚落散失在現世霧霾中
機器狼、汽油虎的吼叫，震碎春風

4
妳虛弱地往彌陀舊港漂來
秀麗的臉龐在黑色面紗裡沈浮
海茄苳渾沌失智，水筆仔書寫有毒文字
夜光鳥宿醉中，出海口悄然無聲

此刻已是三更，我猶然夢遊青春時代
不忍離開妳，美麗溫柔的溪流啊
看，月娘正向眾星深深吐出哀怨
招潮蟹也高舉大螯，試著蔫除妳的鬱卒
更凸出眼珠點火，焚化妳的憂傷
拋撒灰燼，消融在我的海面

二〇二〇·七

從通霄回來

1

你泊在我心中，通霄車站
我從南部逆游而來
穿過你的喉嚨浮出水面，深呼吸

2

你佇立在我心中，通霄神社
雙手插口袋悠閒了一百年
山下的紅土道上，馬尾少女
正跑向你微醺的臉

3

你端坐在我心中，福智寺
灰濛濛地縈迴寂寞的夜
一個純真的小沙彌走出來
變成螢火蟲

4
你傲然在我心中，新埔車站
不停呼喚海呀，海呀
你被醃漬一百年
海浪也鼓掌了一百年
喊叫 Hinoki，Hinoki！

5
你猶然拍打我心，新埔海岸
拍打老年靜坐的巨石，拍打
嬰兒時溢出的純真
我通宵拈著你送的浪花
微笑

6
你浪漫在我心中，白沙屯
雪白細緻的肌膚
穿著鑲嵌千萬顆鑽石的婚紗
因你在風中凝睇
我迷失了足跡

7

你在我心中書寫，白沙屯的小沙蟹
一粒粒詩意，蜿蜒我午后的夢
你的詩句，風騷了我的腳底

8

你禱告在我心中，白沙屯的消波塊
一尊尊佛像盤坐著，經聲如浪
遠方，白色大風扇彷彿海鷗的翅膀

9

你拋錨在我心中，文成號小漁船
滿身迷彩，戰旗斜斜戳向天空
海浪的號角響了
海灘說，尚欠東風

10

你流動我心，通霄溪
我敞開胸坎，夕陽快速光臨
把滿天的黃金傾瀉溪中

11
你盤踞我心中，虎頭山
呼嘯響徹夜空，雲彩已歸
火力發電的通天巨管宛如叫拜塔
你沈睡的低吟，是通宵的禱告聲

12
我通宵仰漂回來
卻依然泊在通霄的海上
用雲書寫你
直到晨曦浸洗身軀
變成你

二〇一七・四

註：Hinoki，臺灣扁柏，俗稱 Hinoki。
　　叫拜塔，是清眞寺常有的建築，用以召喚信衆禮拜。

蚯蚓的行動藝術
──致臺北地鐵

八月豪雨未歇
蚯蚓難熬濕熱季節，探頭出土
嚙著雨珠蠕動身軀展演
漫無止息的行動藝術

恍惚在城市的肌膚唾墨
描繪一節一節五花八門的

黃色地質學。用斧劈皴
強力推移板塊，新生卵石
氣韻生動奇險欲墜

綠色藝術學。用雨點皴
把貴氣的翠玉白菜植入鎖鏈
讓乾癟的種子在拒馬上萌芽

紅色政治學。用馬牙皴出
磚石結構的三向主張，左右中
還皴出一面刀牆，威嚇天空

橙色經濟學。用雙鉤皴了
蓊鬱菓林，種在人民的額頂
仰頭大桔大利，俯首菜容滿面

藍色生命學。用雲頭皴
拍開鳥籠窗戶，吹出藍調音樂
虛華谷倉，尚有鷹隼爭食

恍惚在縮放曲直間極力皴出
一隻蚯蚓無遠弗屆的可能性
恍惚身軀順應環節斷裂再生
主要次要不要以及已知未知的器官

一座城市的想像
建構天花繽紛的神話學，畫山畫水
艱困的蚯蚓卻一直窮盡陰暗
以荒謬的皴工進行淒美的行動藝術。大雨稍歇
政客的號角又猛烈響起

二〇一七・八

山上的獨木舟

1

Pudaqu， 邵族的播種祭
寂寞的種子凋零的族尋找
被狼虎吞食後殘存的土地
罩霧的山上仰躺著一艘
癱瘓的獨木舟，晝夜嘆息

喧鬧的遊客匆匆來去
閃爍的眼眸似梭游的奇力魚
吐出青春泡沫，浮誇的言語
獨木舟，山林的擺飾品
蹇滯在虛華貴氣的畫框中
明潭的微風拂不到這裡

2

Sakura，異國風情的櫻花祭
從都市返鄉的邵族青年，半臉繁華
迷惑的眼神凝視著老朽的龍骨
垂頹的龍首，全身被觀光啄傷的痕跡
另半臉落寞朝向 lalu 島，用空洞的眼

圈套祖靈所在的聖地，一棵
即將枯萎的茄苳樹，俯首湖面

驕狂的火輪赤焱焱，猛烈輾過祖先
身上的大片土地，夢中的保護區
肥滋滋的雲朵成群奔馳，虎豹獅象
都盜舉邵族的旗，宣稱佔領地
恣意在獨木舟上下大雨

3
Matansuun，邵族的狩獵祭
水沙漣的弓箭已陳列於展示館
邵族的勇士們在都市欉林戰鬥，獵取生活
山上的風呼嘯著，禁止砍伐，禁止
祖先的狩獵祭。四面八方卡拉 OK 騷動著
茄苳蒜頭雞，酒言酒語
凋萎的族癱瘓的舟，疲憊的聖地

日正當中，像似手術房的燈
照射著被物質文明折磨受傷的脛骨

在手術臺上表演杵音，叮叮咚咚
左足撥右腳撩，卻無半粒小米
穀雨的節氣，荒涼的土地貧瘠乾涸
雨都下在族人的心湖裡
血淚，從空洞的眼眶流淌出來

4
嘉年華，現代文明的生態祭
邵族青年迷失於深沈的蛙鳴
Lalu，lalu…自谷底呼喚

一艘艘偽裝獨木的遊艇，嬉鬧著
篦開春水，透露出長久醃漬的土地
Lalu 的茄苳樹甦醒了，展開邵族的羽翼
駿美的白鹿凌空飛行
滿山螢火，一只只灼爍的靈視
把青年帶往祖先的夢裡

5
Lus'an，邵族的祖靈祭

叮咚叮咚，**轟隆轟隆**，世紀大洪水
淹沒祖靈的肩膀頸項嘴唇，僅存
小小的鼻尖露出水面，吸氣

山豬山羌水鹿慘叫著沒入深淵
小米山芋茄苳樟樹默默消失不見
祖先的語言流落四方，尋回時
已成艱深的外來語

祖靈籃在市集祭拜，獨木舟上生澀的
禱詞，哀哀懷抱百年孤寂

6
端午，悼念愛國詩人的龍舟祭
五彩龍載著戰士一戟一戟戳破湖面
楚音喧天，掩蔽了杵音
邵族的山歌依然流浪在哀傷的歲月
青年在祖靈的夢裡在雲端
駕著獨木舟，向四面八方吶喊

Ita Thaw，我們是人

當祖先神聖的槳迅雷般點擊水沙漣

虛華的文明倏然裂解

水路的水鹿，邵族的勇士

赫然奔馳在沈淪已久的傳統領域

用祖先的語言歌唱吧

Ita Thaw，Ita Thaw

在日月星辰間昂然的 Ita Thaw ！

二〇一八‧五

註：
   1. Pudaqu，邵族語，播種祭。
   2. Matansuun ，邵族語，狩獵祭
   3. Lus'an ，邵族語，祖靈祭
   4. Ita Thaw，伊達邵（德化社），原義我們是人。
   5. Lalu，拉魯，是邵族祖靈聖地，邵族人不會稱做"島"，因為 lalu
     以前是座山，山下平坦寬廣的土地是邵族的部落與田園，現在的小
     島模樣是因為興建日月潭水庫淹沒所致。
   6. 邵族在歷經政權交替、部落搬遷、耕地流失及多次國民政府土地政
     策變革後，不僅面臨部落傳統領域及古文物大量遺失的窘迫境況，
     更因高度漢化的生活環境，使得母語瀕危、部落祭儀及生活空間限
     縮，多次劇烈衝擊，對邵族傳統祭儀文化造成相當巨大的影響。

Lah Lah……我們的豐年祭

昂首，我們都飲盡一杯小米酒
瞬間飛瀑流泉，傾瀉注入胸腔
嗡嗡的聲音漸次響起，合唱
四部，而八部，有群鳥撲翅林梢
又有群蜂縈繞我們長年的夢
小米幼苗一棵棵撥開胸坎的土壤
張望，神的衣襟正在風中搖曳

Lah Lah……工地宿舍的牀前有小木桌
木桌前是斑駁的磚壁，幾隻城市壁虎
有時爬行，有時停下來等待
等待一群等待我們翻開一壟壟肌肉後
開始播種的蚊子。嗡嗡
幾公尺見方的牆面有如幾分拋荒的田
蕪成我們百般無奈的臉譜
每一夜，都是蚊子的豐年祭

Lah Lah……小米酒流入我們的胸谷
丹柳蘭溪開始唱歌
回你們的小米田吧，不要去灰濁濁的工地

喝你們的小米酒配山豬肉，唱你們的飲酒歌吧
不要去 KTV

Lah Lah⋯⋯我們的小米田大豐收了
祖靈飛過玉山群峰，藍空上的雲朵開展笑顏
溫柔地撫慰我們，以及膝下的忠犬
喝吧，今年有很多小米酒，不醉不歸
先有豐年祭，之後才有成年禮

Lah Lah⋯⋯政府開始歸還我們身軀中的山林
歸還我們胸谷裡的丹柳蘭溪
歸還我們胸丘上的小米田
歸還我們打耳祭的權利
歸還我們祖先傳承的名字
等天光，我們的老鷹回來了
我們的忠犬也都在等待
小米酒真好喝，酒後吐真言
先有豐年祭，之後才有三民主義

Lah Lah……天亮就要離開小木桌和斑駁的牆壁

離開這些灰濁濁的都市田地，遠遠

離開到處是四輪老虎的戰爭叢林

故鄉的道路已經平坦又蜿蜒

土石流的眼淚也乾了好幾年

看啊，山麓的李花盛開了

在星光點點的夜空中，乾一杯吧

先有神的彩虹，之後才有人的霓虹

溢流滿地

Lah Lah……昂首，我們又乾了小米酒

神正在召喚哪，布農族

Takituduh ！ Isbukun ！ Takibakha ！ Takivatan ！

Takbanuaz ！ Takopulan ！

勇士們帶著雄壯的臂膀和歌聲回來

繫上祖先留傳的彎刀和背簍上山吧

明年的小米田會更豐收

Pasibutbut(八部合音) 應唱給神聽

不要儘是純表演

Lah Lah⋯

布農族的鞦韆盪得像雲一般高

布農族的陀螺轉得比螺旋槳快速

我們的部落正下著綿綿春雨

聽聽⋯祖靈的聲音像似哭泣

先有東谷沙飛，之後才有玉山啊

莫忘，滿山遍野盡是先人的血淚與足跡

Lah Lah⋯Lah Lah⋯七彩湖的雲霧飄飄渺渺

一群山鹿穿梭翠綠樹林奔馳跳躍

祖靈們正在慶祝豐年祭哪

嘹亮山歌飛越陽光下的丹柳蘭溪

Pasibutbut 迴繞著四面八方峭壁

乾杯，再乾一杯！

先有豐年祭，之後才有三民主義！

二〇一七玉山文學獎

註：
1. lah lah： 布農族將十片山豬肩骨的末端穿孔串在一起之後，經由搖動股片而產生互相碰擊的聲音，而碰擊的 "lah lah" 聲，則成爲布農族搖搖器的名稱 "lah lah"。 "lah lah" 是屬於布農族祭司個人的器物，當米收成時，祭司就會帶 lah lah 到小米的田邊，在已收成的米堆上搖動 "lah lah"，並且唸咒以祈求上天，明年的收穫，也能像今年一樣豐收。

2. Pasibutbut: 祈禱小米豐收歌是一首臺灣原住民布農族傳統祭典音樂，1952 年，由日本學者黑澤隆朝向聯合國教科文組織提出，因此得以於國際上名聲大噪。被人稱爲八部合音，布農族人則稱「Pasibutbut」。

3. 丹柳蘭溪（臺語：Tan-liú-lân-khe），陳有蘭溪之古名，是位於臺灣南投縣的一條重要河川，爲濁水溪最長的支流，以位於玉山東峰北坡八通關古道上的八通關爲發源地。

4. 布農族共分爲六個群，多居住於南投一帶，分別是卓社群（Takituduh）、郡社群（Isbukun）、卡社群 (Takibakha)、丹社群 (Takivatan)、巒社群 (Takbanuaz) 以及已被鄒族同化的蘭社群（Takipulan）。

5. 布農族人在除草祭儀結束後，打起陀螺，祈望小米像陀螺快速旋轉（快速成長）。並在空地上架起鞦韆，希望小米如鞦韆盪（長）得一樣高。

6. 布農族祖先稱玉山爲東谷沙飛 Tongku Saveq，並視之爲聖山。

7. 七彩湖位在南投縣與花蓮縣的交界處，海拔高度約兩千九百公尺，湖面積約有兩公頃，是全臺灣面積最廣大的高山湖泊。昔日未開發之際常見山鹿成群出沒，被稱爲「鹿池」，後因湖水在陽光的照射下閃耀出七彩光芒，因而改稱爲「七彩湖」。

白沙岬燈塔與海洋離子水

1

一瓶海洋離子水搖晃

在奔馳的火車上

歲月向前衝，偶爾靠站

我凝視著一片喘息的海洋

離子水掀起細碎花語

語花上有關愛的眼神

來回輕拂花瓣，以及

花下的輕帆

一瓶海洋離子水彷彿燈塔

守護四方流浪的靈魂

我拾取白沙岬燈塔的林投葉

編織陽光草帽，夢中草席

鈎織如麻的往事

海洋離子水抖動漸漸劇烈

觀音的叮嚀，床邊搖籃曲

腦海的波浪不停拍打，洄旋

天上稜鏡空洞昏暗
日暈形影癱瘓失去生機

我是一座久離家鄉的燈塔

2
一座潔淨的白沙岬燈塔
撐起滿天輕柔白雲
披上苦楝枝葉交纏，夢幻網紗
宛若新娘，觀世音的表情
不捨海洋離子水塑化身軀
動盪的心湖

風扇如白鶴展翼，舞弄沙灘
歡迎一瓶離子水溯溪
踏尋白沙沙的肌膚，往日足印

燈塔開始閃爍
離子望向大海嚎啕哭泣
淚水回流母親的眼裡

日晷形影復活
修復了歲月的不正常運轉

神神挺立在海岸西北角
觀音溪輕輕誦起經懺
流入三合院廳堂。母親
在畫像中直起佝僂身軀，微笑

我是一瓶返鄉的離子水

二〇一八・七

在高雄捷運美麗島站觀察一隻
壁虎的未來

你躍入七彩浮光
曳著長長細筆
奮勇泅往遠方

你在光之穹頂昂首
甩尾 想讓風雷再起
光雨淋漓峰巒
你長嘯 召喚八方和音
進入曲樂的聖堂

你在光之四方浮沈
柳暗花明處處激盪
熱帶魚在兩側悄然逸去
山巒漸次擦身
漫漫長夜有歲月的憂傷

你在渡口虎視眈眈
守候漂流的過往 拋出
原地漫遊的跫音
單調且漸次稀薄 消逝

你擁抱聖柱直至滑落
若以朽木揮灑一筆
飛白的山

長短交錯的趾針不停旋轉
你回首再回首 上游
一群翩翩少年郎
七彩髮絲，如浪
伊們推移細緻未來
擷你蹼上枝椏
奔逐於美麗河岸 而

你已豁然在光中橫躺
飛蚊如鶴 鳴聲似血的眠床

二〇一七‧三

讀桃花源記

晉太元中，武陵人，捕魚為業。緣溪行，忘路之遠近。忽
逢桃花林，夾岸數百步，中無雜樹，芳草鮮美，落英繽紛
　　　　　　　　　　　　　　──陶淵明《桃花源記》

六月梅雨未歇，一顆早熟的桃子

已來到手掌心

趺坐的桃子，壓住脈動隱約的河道

豐盈的山

兩頰紅暈，羞赧的桃子呢

我忍不住張口，咬下……

倏然，桃子哀鳴一聲

芬芳的肉體滾落

古書冊裡的桃林，落英繽紛

我和桃子，淚水涎沫簌簌……

桃花源，神秘的伊甸園

山林之子美麗的記憶，r'ra' 山唷

紅檜、扁柏、山毛櫸

黑熊、獼猴、山羌與水鹿

還有泰雅族勇士穿梭

昂首，我又望見三月桃花開
上巴陵的路，Taiya 輾過泰雅
祖靈的眼眶泛紅

我扶起桃子，傾斜的身軀
輪胎刻痕般的傷口，通往內心
一只紋路細緻的核
神呵，就把它造成一條方舟
當世界被繁華淹沒時
泰雅的方舟呵

一顆桃子，逐漸撫平傷口
回掛樹幹，臨風搖曳
綻開紋臉上知足的笑容
一座山的凡常

今夜，窗外雨稍歇

卡拉 OK 響音覆過卡拉部落的祈禱聲

卡拉溪暗暗嗚咽，催促

徘徊在滿山濛霧中的遊子

醒來

泫然醒來，r'ra' 山喲

我將循著古書冊溯溪，重返桃花源

深情賞花唱山歌，不復啃蝕豁然峰巒

以及，qzimux 的純真

二〇一六·九

註：

    1.《桃花源記》：出自陶淵明詩《桃花源詩》序文。

    2.拉拉山，據說來自泰雅族語 r'ra'，有瞭望臺、美麗、劍岩等各種
      解釋。

    3.Taiya，輪胎的日語。

    4.Qzimux，泰雅族語，桃子。

夜讀核舟記

明有奇巧人曰王叔遠，能以徑寸之木，為宮室、器皿、人物，
以至鳥獸、木石，罔不因勢象形，各具情態。

——節自魏學洢《核舟記》

八月八日夜，兒子送的水蜜桃

咬一口，倏然雨水汨汨

流在古書冊，上面有核舟

精緻的舟，來自芬芳的果園

抑是獻肚山崩洩，如胚的

坡？可

一條滾滾黃河，豈能

泛一只小小果核？

泛舟，彷若青澀時父親引領的

激情快活，盈溢一條河

與穿越林木的山羌山羊水鹿共歡

同高身產頜魚競逐，阿立祖

帶著慈暉在雲端喊喝：

Sadaw-a ！ Sadaw-a ！

核舟的八個窗戶挨開了
裡面有老家的素樸擺設，太祖祭壇和祀壺
有 Ra-man 粗獷的笑聲翻飛而出
越過整條楠梓仙溪

Ra-man，父親呵
八月八日，我在遙遠的高過獻肚山的
樓，土石流正從電視銀幕傾洩而下
而小林，是一條滾滾黃河
河中曾經愉悅我的核舟，定神看
赫然，是你的頭殼！

七年了，夜讀核舟記
我又恍惚，看到忠實的 Pulo
四處扒掘尋找流失的核
遠方，Ra-man 踩踏溪石而來
故土默默，惟有
一隻小剪尾嘶喊
Sadaw-a ！ Sadaw-a ！
聲音皴著血色

八月八日夜，被我啃蝕的水蜜桃
重創的肚皮，露出果核
八樓窗外
天空猛然閃電，光中
Ra-man

父親呢，正泛著核舟
順著楠梓仙溪、荖濃溪、高屏溪
滑入古老的書冊

書中的奇巧人，久未返鄉的西拉雅之子
在父親的指引下忙著刻鏤
老家的桌椅器皿以及蟲魚鳥獸

八月九日淩晨，父親節已過
倏然從窗邊的木桌上醒來，大呼
「Ra-man，我做好了方舟！」

桌上的水蜜桃只咬過一口

雨水淚水正簌簌，湧向一條記憶的長河

二〇一六‧九

註：

  1.《核舟記》：明魏學洢（約一五九六～一六二五）所寫，選自清張潮
     編輯的《虞初新志》。

  2.Sadaw-a：西拉雅語，加油。

  3.Ra-man：西拉雅語，父親。

  4.高身產頜魚：楠梓仙溪保育類魚種。

  5.小剪尾：楠梓仙溪的保育鳥類，強壯的長爪可讓牠安穩地站在水流
     湍急的岩石上。

那一年在沙湖瀝

黑咖啡加一滴奶油
五月雪，喧騰了整個湖面
遠方，諸神緩緩升起

那年，我們表演舞臺劇，在午後的沙湖瀝
在寶山水庫前敞開的原生地
帷幕已退避湖水的東西兩岸
午後的日光緩緩斜照，南瓜馬車登場了
九降風神送來草間彌生（Kusama Yayoi），她在湖面輕喚
沈睡中的星宿

相思林裡的妮基 (Niki) 金雞獨立，落山風神
颯颯撥弄一片片令人掉淚的腥紅洋蔥
遠處的野溪嗚嗚咽咽，橄欖樹俯身以食指
噓止一群魚蝦跳躍喧嘩
而雷神雨神亢奮地托起帕洛克（Pollock），從雲端
拋下千千萬萬雨絲

恆春的落山風神甫結束上一季的呼嘯
竹塹的九降風神趁春夏之際修生養息

而雷神雨神的臺南風神廟適臨擴建整修
這是諸神的假期
神聖又熱情的五月聚會呀

在神采光耀的寶山寶水前，我們
供奉南瓜米粉，柿餅和咖啡，沒有三牲
韓幹也應邀來解開綿延千年的韁繩
讓照夜白伴著馬蒂斯（Matisse）滿場飛舞
洪通帶來一群蘿蔔精靈環繞四周
露出頑皮的貓臉，叫聲 QQ
而青森森的蔥哪，正飛行在莫內（Monet）的荷花池

那年，五月油桐花喧騰，我們帶著雪的眼光
透過彩筆描繪這一片人間仙境，我們
穿越吊橋，寶湖，樟樹，相思林…
山神水神畫神酒神都來了。舞臺劇一幕幕
柿餅中的農民血汗，米粉中的工人辛酸
也一一在風神的吹拂中得到撫慰
那年，在午後的鐘聲裡，我們請風神勒水為銘
一字一誠：「米粉俱樂部」

午後的沙湖瀝，我依然斜坐在湖濱
一瓣桐花掉入咖啡，如雪
我觸撫著陶杯，它像生命的邊界坎坷粗糙
如人生的道途滿佈滄桑

我依然獨坐在有山有水的沙湖瀝
黃昏到臨，風雷雨霧山水林木均已沈寂
琴聲中蟄伏著蟬意。今夜我將離去
而五月雪，灰姑娘，米粉俱樂部已慢慢溶解。不知
將流向何方？

二〇一六・五

註：
　　1. 沙湖瀝藝術村：位於新竹寶山水庫旁湖畔，於民國九十一年四月修
　　　　建舊建物成爲供展演及餐飲咖啡之藝術村。
　　2. 寶山水庫，位於新竹寶山鄉，頭前溪支流柴梳山溪上游，距離新竹
　　　　市區東方約 10 公里，爲新竹科學園區主要供水之來源
　　3. 草間彌生、妮基、帕洛克、韓幹、馬蒂斯、洪通、莫內均係中西著
　　　　名畫家。照夜白，韓幹所畫的馬。
　　4. 九降風，農曆九月，東北季風爲新竹地區帶來冷冽且乾燥的九降
　　　　風，居民利用來製造新竹米粉、柿餅等。
　　5. 落山風，是恆春對於東北季風的慣稱，每年從 10 月到次年 4 月，
　　　　強烈的下坡風直撲恆春半島西岸。
　　6. 多年前曾與好友在此展演，並組成米粉俱樂部，現已解散。

恍惚……開剖一個城市

恍恍幾十年
夜半習劍，舞弄滿天星斗
總是聞雞偃息，將利劍藏入戡戡胸坎
與依然猛烈跳動的內心，對視

惚惚幾十年
公雞的肉身已入住漢堡。靈魂
依附手機不分晝夜，隨興歡唱
我的劍也封藏胸中，逐漸鈣化
成為一支胸椎劍骨，一個現代化名詞
懸垂在鄉音迴盪的山谷中
與習習風尚一同呼吸

這個恍惚的夜……半臉月光
我走過錯置的西門，進入虛擬的
北門的火馬驛站前
坐下來，再飲一罐上青的啤酒
抽出埋藏多年的利劍，凌風舞樂

沈睡幾百年的延平郡王倏然醒來
拔出鏽蝕不堪的古劍，吆喝
一起去開剖這個城市吧

我們持劍飛行，一前一後劃下中心線
從中山路直行，恍恍……
經過南方公園、新光三越、天主教堂、林百貨
左顧右盼，來到紀念公園
我向湯德章點頭致意後
飛上了沒有銅像的基坐，挺拔而立
延平郡王舉劍怒視：下來，汝非古蹟
我腳下野草正在風中搖曳

恍恍……我們又凌空飛起
一上一下順著中正路，劃破中心線
舊市府、舊議會、沙卡里巴……紛紛辭別離去
運河前的大石頭，中國城
已被現代化颶風襲倒
我們沿著環河街巡禮

這是運河盲段
一條道路有五條港的遺跡
八十年繁華的記憶
一間古早魚市場在習習谷風中
振動著胸骨呼叫，hinoki ！ hinoki ！

惚惚…海關被海關住，已成了古蹟
傳說中的美人魚突然出現
古魚市場展開帝王魟的臉點頭慘笑
國姓爺卻拄劍河畔，長嘯
人與劍俱老矣！俱老矣！

恍恍惚惚，我們飛越運河
鄭成功去巡視王城了，那裡高高的臺座上
仍有他的立身之地
我在安平的一隻劍獅前，剖開自己的胸腔
與劍獅交換古劍……
猛然抬頭府城已天光，遠遠的漁光島傳來
已幾十年未曾聽聞的雞啼

二〇一七・七

八卦燒
——在八卦山的感悟

拉胚

結跏趺坐在世界的中心
佛陀的手印輕柔拂拭我，生命原初
緩緩騰起的胚胎，細緻滑動的年輪
聒噪的八卦如山風吹過耳際
卦山廣場是心中的世界
是塵俗與仙境的交會點
我穩穩的把自己拉起，然後
定下來，喝杯茶

施釉

在佛陀慈悲的眼神面前
我遙遙把美夢擲向鈷藍發色的天空
與觀音菩薩的甘露交融
成為慈悲喜捨的絕妙釉藥
灑在我身，滲入我心
九龍昂首歡呼，廣場玄妙水舞

春天站在高嶺土上，呼喚我
準備發色了

氧化燒

如來的五指山頂住天門
門前的彩虹是天空之橋
我施釉的天庭上，
有銅鐵鈷鉻錳鎳釩各種靈犀
不斷氧化，不斷幻變
銀橋飛瀑凌空而來，瀟瀟雨聲中
紅橙藍綠黃靛紫紛紛流落
色即是空

還原燒

閉關的窯洞裡有如一場天火
我帶著苦行中氧化的軀體
前進文學步道，走向賴和
測量釉藥的秤仔與楊柳同垂水面

氧化鐵的紅鏽在文字中琅琅作響
我進入詩的時空甬道，再度
趺坐，輕輕呼吸，調節氣息
還原到一九二五年

素燒

晚霞來了
太陽微溫，生命之卦
歷經幾度窯燒
心中依然火熱不已
佛陀回首微笑，拈著一朵
與我身上相同的釉花
在冥然中說法，不管釉上彩釉下彩
都放下。素燒你的夢吧

二〇一八・三

註：
　　1. 施釉，是指在成型的陶瓷坯體表面施以釉漿。
　　2. 陶瓷作品進窯燒成，根據燒成條件的不同，可以分爲氧化燒，及還原燒。在氧化燒的過程中，窯內有足夠的氧氣助燃，坯體與釉料中的金屬化合物從空氣中獲得氧。如果以外力限制空氣對流，就變成還原燒，將金屬化合物還原成另一種顏色。
　　3. 素燒，是指作品土坯完成後，必須先以攝氏八百多度燒解，這種釉前的燒成稱爲素燒。
　　4. 一九二五年賴和以白話文發表第一篇散文〈無題〉和第一首新詩〈覺悟下的犧牲──寄二林事件的戰友〉。

輯四　解剖一隻埃及斑蚊

解剖一隻埃及斑蚊

斑芝花開時節，撿一瓣夾在經冊
九月褪色了，依然暗香

夜讀經文，神光憂嫩
一隻蚊子追逐如浪的禱詞而來
伴著幽幽琴聲，凌空舞樂
伊找不到神所應許，可落腳之處
只好抖擻尾巴，棲上斑芝

很久沒解剖了，可在我的手術臺
蚯蚓，壁虎，蝸牛，蜻蜓，生命
血跡斑斑，沾上祈禱的手

我詳細檢視伊，竟背著一支埃及
古早神聖豎琴，六足像駿馬般挺立
嘴管伸出武士不屈的利劍

經書正翻在摩西分開紅海處
幾行經文的光芒折射裡，斑蚊凝視著
偶而抖動鬢毛濃密的觸角

想到伊的五十個單眼，我心微涼
伊正審視著我染滿悲情血跡
下刀果決其實軟弱無比的雙手

伊的祖先來自遙遠的文化發源地
經過歷史時空，足跡遍及全世界
伊用劍牙傳播病菌，留下斑斑齒印

是無教化可能的罪犯啊
我忍不住佈下法網，將伊架上手術臺
準備十八般酷刑，拷問伊親族的罪行
我的尖頭夾對準伊的身軀，利剪伺候
更用歷史的顯微鏡審察，五時三刻
倏然，我感覺悲哀

伊是為了接續數億年的繁衍，況且
蜘蛛壁虎蟾蜍惡徒無所不在，又有
防蚊液化學武器的恐怖攻擊

我放下屠刀，真心為伊祝禱
有埃及豎琴的高貴埃及斑蚊啊
想當年耶和華用你降禍埃及
後來摩西帶領以色列人出埃及
你的祖先是尾隨在後吧

念你是隻公蚊，並非貪婪嗜血
任你飛去，願明年三月化為斑鳩歸來
我們一起分開斑芝道上紅色的花海
回返神應許之地

二○一七第五屆乾坤詩獎

註：二○一五年五月間臺灣爆發登革熱，其中以臺南市最嚴重，確診
　　超過兩萬人，死亡一百一十二人。主要病媒為埃及斑蚊（Aedes
　　aegypti）及白線斑蚊（Aedes albopictus）。

在ㄩㄥㄎㄤ街看畫展
（華臺語混搭詩）

閒閒的禮拜六
我專工由下港趖來臺北
ㄩㄥㄎㄤ街的 M 畫廊
看一個異色的展覽

我一入門
正正挺著一幅ㄐㄧ肉像山的男士
攝走我的眼神，放佇檢眼鏡面前

伊捧出一付牲醴，介紹這種藝術品
毋是只用來拜拜，毋是ㄍㄢㄋㄚ傳宗接代
佇這個進化的世界，自由戀愛
逐項物件都有多功能，親像

伊是一個詩人，寫的文字有多角度的隱喻
也像我是一個下港人講話有時南腔有時北調
閣像咱是一個臺灣人，常常華語混搭臺語
甚至客語原住民語英語日語

所以佇ㄩㄥˇ ㄎㄤ街看詩人的畫展，用檢眼鏡
用眼科醫生的細膩看眼中世界

伊的作品有嚴肅的意味
是一個詩人畫出的牲體佮ㄐㄧ肉
佇永遠健康的街路看展覽，咱愛有好康的正念
莫用世俗語言妄想ㄩㄥˇ ㄎㄤ彼件事

佇ㄐㄧ肉結實牲體勃起的現場
我腦中完全無雞佮鳥的形蹤
伊講佇參加開幕展當中
汝是一個上無仝款的人，請教
安怎稱呼？

我講，阮亦是詩人兼畫家
外號叫做阿彌陀

二〇一六・十一

註：前年某日佇臺北永康街 M 畫廊看眼科醫師兼詩人畫家陳克華畫展有
　　感。

刺客聶隱娘

之一

暗中，我們看電影
踮足躡步隱隱約約霧霧靉靉的山水
一幕一幕，走入期待的眼眶裡
狐言，兩三句，有時恬恬
狐步，兩三伐，有時未起身就離去
「養眼麼」
「嗯」
我們的對話簡短清冷，好像甜美的冰淇淋
握在手中還沒入口就化去

之二

他們又去有夢的戲園
尋找隱匿的故事
這次坐在 VIP 貴賓席
胸前有麵包薯條和可樂
凌空，利劍咻咻殺過來
到了眼前變成森森畫刀

落到桌面又化為奶油刀

聶隱娘開口了

她的舌頭像美麗的鯽仔魚

彈跳兩次停下來

回首，看戲的都回首了

編劇手上的畫筆說

阮來畫山畫水予恁看

畫上的票房億來億去

漂浮在歷史留白的水道

題畫的有聲詩紛紛墜落

夢的時代

凌空，利劍又咻咻刺過來

這次當真，在布上劃出一道小痕

二○一五・九

他們在城牆外搶孤
——兼致紅氣球書屋

中元節晚上，歡呼聲
從東門城牆流向北門
島嶼內外的好漢，在城牆外搶孤
坐在紅氣球書屋的，我在城牆內看書
一本劉還月的琅嶠風土，讓我的行囊滿滿
半島風物
一本國家公園管理處的歷史影像
帶我城內城外回顧

他們在城牆外搶孤
八個羅漢交疊攀爬歷史的原木
刮除浮誇的牛油
刮下一層，一陣歡呼

我在紅氣球翻開恆春城的身世
一頁一頁，走進去
西門猴洞山，珊瑚岩礁上
一棵三百歲的鐵色樹，一身鐮刀
收割了幾千行史詩

南門城淋著太陽雨，光鮮亮麗
令人不敢昂首直視，這個年代
我步上東門城牆，沒有守城的戰士
幾百個射擊口，與古今的風雲
竊竊私語

他們繼續在城牆外搶孤
攻旗的勇士帶著兩條古老堅韌的
恆春瓊麻繩，攀往歷史的高處
我跟隨幾株咸豐草，步上北門城牆
一片銀合歡在牆垣的缺口歡呼
有時望著我，有時朝向搶孤
城垣邊，幾棵椰子樹與我寒暄
說他們已輪迴幾百世

攻旗手倒掛時空，登上孤臺的顛峰
城牆上的歡呼如瀑布般傾瀉
我在書屋，和貓咪迪所、小束
一起遙望三臺山、赤牛嶺
滿山紅氣球，像祈福的天燈飄向半島
恆春的天空

二〇一九‧八

註：
    1.恆春古城，是清朝在牡丹社事件之後所設的恆春縣縣治所在，建成
      於 1879 年，是臺灣現存城池之中唯一保存所有城門的一座。
    2.紅氣球書屋，係獨立書店。座落於恆春北門城牆旁的巷弄，號稱全
      臺灣最南端的書店。

螳螂三式

一

比畫一番後，他把隱喻凝結在胸口，眾人開始臆測。
「鐮刀」「獵捕」「祈禱」「駿馬揚足」「猴子！」
回到叢林中，他一直覺得自己應該是「猴子」，並且開
始用草寫詩。

二

堅信行萬里路勝讀萬卷詩，他在叢林中行走，日以繼夜。
學習虫鳴鳥叫，牛哞狼嚎，還有河流的嗚咽。他寫行詩。
但是偶然望見林外大草原在風中起舞，竟也有些羨慕。

三

他捕捉靈感，包括
陽光、樹影、昆蟲、壁虎
青蛙、還有自己
但無法捕捉，遠在天邊的

愛情

二〇一五‧十

工人機動二式

（一）

日裡萬機／啟動之後

嘶吼著出發／媽的
在叢林中奔馳／爸的
鏽蝕的掌紋／控制把的
疏鬆的腳架／加速器的
在頭頂滾動的數字／他奶奶的

胸口有馬達／運行著
椎間有螺絲起子／轉動著
臉上有噴火器／燃燒著
腦裡有戰鬥機／警戒著

那煩躁的食人魚啊／董的
這憂鬱的小蝦米啊／魚的

上班刷卡／我的／下班被刷／他的／無卡可刷／媽的
之後／熄火／之後／掛掉／之後

拖走日夜哀號在人間旋行的
洛克馬／去他的

　　(二)
夜理一機／開機之後

宅男無心敲擊／我的
話題意外觸發／妳的

狡猾的帽鼠啊／手的
翻白的浮魚啊／臉的
天堂的玩物啊／哥兒的
網拍的玉腿啊／辣妹的
前方的塑料玻璃呀／視窗的

後面殘餘的尾巴／特洛伊的
來慰安的伊媚兒／我的

之後／關機／之後／墜機／之後
拔除徹夜奔馳在牆縫裡的
阿達馬／管你的

二〇一五第二季香港工人文藝

註：
　　1.洛克馬 ： Rock Horse
　　2.我的：word
　　3.特洛伊：電腦病毒
　　4.伊媚兒：email
　　5.阿達馬（日）：頭

被論

這個七月的新聞，很被。

有人被辭官

有人被北上

有人被認罪

有人被文言

有人被小三

有人被暴瘦

有人蓋綿被

蠢蠢地，被聊天

（有更多人被名嘴，被網軍）

如此新生了問候語：

哈囉你，被七月了嗎

二〇一七・七

輯五　關於馬列維奇

雙仁皮蛋

在狼藉的床被中，一只雙仁皮蛋脫夢而出。
飛過南方蔚藍海洋，越過重重翠綠高山，
穿過我的溫馨家園，閃過雙飛的花蝴蝶，
掠過一對熱吻的情侶，正中

一個因信仰不同
遂以幽暗猥褻言語叫罵的血盆大口

（如是，這深邃的管道獲得飽足，打嗝一般的喝采從腹下響起）

二〇一四．二

出來出來

　　每天經過青年平交道
　　他準時噹噹我們的心
　　禁止闖越的柵欄上寫著
　　Try！Try！
　　你能對抗這一串沈重的行列嗎？

　　用臉貼著臉圍成天下
　　用 Line 牽著 Line 築為長城
　　莫名的人走上莫名的軌道吧

　　夜車恍然已熄火，陸續
　　駐入溫情的小窩

　　如果有人噹噹我們的引擎
　　嘶吼的掌聲總會再度響起
　　出來！出來！

　　　　　　二〇一三‧八　橫直子法蘭絲個展序詩

末日舞祭

還是綠色的季節
眾人不停煽風，風疲憊
死了
我向前一步，舞著舞吻著吻道別
火舌立起來，偎向妳
醉臥在末日的　生生不息

還有紅花未謝
盛裝的候鳥已紛紛，飛往
莫名的地方
旋轉
我睇著裙擺，動
再向前一步
同妳圈住即將消融的　罪

所有的葉都淫聲了
給，不給，給，不給這些
移動的夢境一直重復按
讚　我
止住這一步傾聽妳的髮絲

寂寞多美好

無色杳音

　　　　　　　　二〇一二・十

啾啾

漆黑的內室裡／啾啾
沒頭沒腦的蝙蝠又來了
掩耳都能風聞這黑色的
啾啾／我揮舞雙手渴望
抓下這無止境的輪迴
地板磨過拖鞋穿過／啾啾
這個世界免不了盲目的追逐
我們能稍稍安靜下來／
慢慢／在黑暗中塗抹一幅畫也好
就像心窩的小強爬上畫架
蝙蝠也戛然停止無厘頭／慢慢
這神秘的地方聚集眾多精靈
摒息期待一番猛烈的狂草演出
啾啾／在腦海的上空飛舞
為何不開燈呢？還是不開
只是想暗暗畫下白日的憂傷
所以我們不需顏色只用刀
啾啾／割裂了一張又一張
妳看妳看，大師們的幽靈紛紛
從更深的幽暗裡走出來／啾啾

（後來我們造愛／同時暗暗想起
割裂一幅好畫可以爽三天
／鬱卒一個禮拜／咻咻）

二〇一三‧二

舌音

關於舌音
有一種從喉嚨蹦出
心跳的聲音
像海洋撞擊崖壁
像精靈乘桴
穿梭於生活的臟腑

關於舌頭
它返身回到鼓槌
用最原始的姿態跺擊大地
並且作勢撲向天空
催逼隱匿的陽光迸出
如嘔吐一般

關於神
常常在人們無法祈禱的時候
進入瞳孔疏濬憂鬱
祂發出無言的，嘆息
這些夜半哭喊的河道
總是不斷淤積

於是我默默地望著她們的舌尖
想像關於腹中術走不出雕像的故事
往日裂解為一灘苦酒
等候在哀傷的冰庫裡
亂雪紛飛

或者關於純粹
我們不再談論梵唄異語
只是回到原初的吸吮
伴以母性的呼喚
生發一種
大地回春的聲音

二〇一二‧七

天下大平

一

總是懷著深邃的優越感

從有光之後就愛死了這身份他們

堆積飲食享受貪婪堆積車馬遮天蔽日堆積

奢華的風采堆積溫馨而不生蛋的窩堆積垃圾與廢氣堆積

操弄成癮而且自以為榮耀的加法堆積他們

無所不能的幽靈世界堆積

神也電腦化的煩憂

二

總是搖晃著鬆懈的頭蓋下的稀疏法語

在頓悟一切是空之後就喜愛耍弄自然奇蹟

他們淘空陽光空氣淘空山巒河海驅逐神仙龍王淘空

白雲林蔭虫魚鳥獸淘空極地的冰山火岩淘空

地獄流放閻王以及等待投胎的的眾生淘空

他們潛藏億萬年的無意識淘空佛說

一切有為法如夢幻泡影

三

末日未來的末現代之末人子
都還沒歸於塵土也無緣回到始初
他們信誓旦旦用九個太陽的力量
煉製一個清廉的地球，卻無能拯救
沈溺於污暗中的河神。只待春末的午后
仍可睨著紅塵都會中微溫的高牆
永不放棄，直到一抹綠意飄移
這看似無明的人間，終究有可象徵
生命並非空洞，而是一種態度

四

天下來的或者地上去的
從來不談創世紀，我們
只是讓整個世界開滿野花
在神子之前擁抱尹甸園的笑聲
盼望回到初始時刻
天下大平

二〇一三‧五

末日前在地下九層暗室裡祈禱

末日前，萬物之靈進入地下九層暗室裡祈禱……

神說　你們
總是懷著深邃的優越感
從有光之後就愛死了這身份你們
堆積飲食享受貪婪堆積車馬遮天蔽日堆積
奢華的風采堆積溫馨而不生蛋的窩堆積垃圾與廢氣堆積
操弄成癮而且自以為榮耀的加法堆積他們
無所不能的幽靈世界堆積
神也電腦化的煩憂

我想　我們
在末日未來的末現代之末我們
都還沒歸於塵土也無緣回到始初
我們信誓旦旦用九個太陽的力量
煉製一個清廉的地球，卻無能拯救
沈溺於污暗中的河谷。只是春末的午后我們
仍可睨著紅塵都會中微溫的高牆
永不放棄，直到一抹綠意飄移
這看似無明的人間，終究有可象徵

我們的生命，並非一場空洞
而是一種態度

神說　你們
總是搖晃著鬆懈的頭蓋下的稀疏法語
在偽裝頓悟一切是空之後就喜愛耍弄自然奇蹟
你們淘空陽光空氣淘空山巒河海驅逐神仙龍王淘空
白雪林蔭虫魚鳥獸淘空極地的冰山火岩淘空
地獄流放閻王以及等待投胎的的眾生淘空
你們潛藏億萬年的無意識淘空佛說
一切有為法如夢幻泡影

我想　我們
相信末日之前的漫漫長夜裡
信仰會紛紛進入世界球場的投射區
神佛將更快速繁殖在凡塵
活生生的超自然力量必然重重保護
心靈的故鄉，在無邊苦海無底紅海旁
我們仍能俯首觀照累世而來的
無窮欲望與喜樂

神最後說　我不再勸止
堅信非自然力量的非自然人的愚行
末世大洪水將掩沒黑暗祈禱室
信我者請在天亮前速速離開

二〇一五・一

三角板與米達尺

1

把世界剪掉
剩一片三角板
他邊著天空跑
三步一折
九步返回原處
終於溶入歲月
凝結成點
我們斷言他是祂
他微笑說我從來
不是祂

2

背負沈重的神話
肉身抖動不安
米達尺直直上升
想與雲攀談
左搖右擺的罪
在臨終前猛烈
劃出十字

他們以為祂是他
他壯烈地舉起祭臺
苦笑斷言我本來
就是祂

3
這世間還有誰可以
坐下再坐下，有誰
能夠上昇再上昇？
終此一生，又一生
我們必需不斷前去
審視他，敬拜祂

二〇一三·一

新幾何

1
三角形的內角總和
不等於 180 度
有人胳臂往外彎，
有人內八字，這是
生活的藝術

2
三角形的外角可以
相當內角的總和也
可以等於零，原來
她是瑜伽大師

3
三角形是正方形的延伸
那些教堂的屋頂，不是
一直通往天堂嗎？或許
人的巔峰就止於十字

4

三角形的面積

底乘高除以二，可是

上方開口笑了

不知高度到哪裡

算計只是一種遊戲

5

三角形的周圍

我用生命之丈

一直量一直量

數不清圈子的我

迷失了方向

6

三角形的角

總是在鈍挫之間遊走

有一天躺平了

那尖銳的一面

就戰抖著進入夢中

7
鐵三角金三角三角戀三角
幾何又如何，今年出生屬蛇
他們硬說是小龍
龍蛇混搭世道人心
想開的才是
新幾何

二〇一三‧一

板塊推移

桌子歷經數十載
上面有焦慮的斷層線
肚皮漸漸隆起
可能由於板塊推移

窗子每天打開老榕
互道平安，無關藍綠
反正不論站或坐
都逃不出三角習題

今夜又鋪上畫紙，
望著寂白的湖光山色
繼續暈染往日，
落款二〇一四，七月七

二〇一三・一

關於馬列維奇

女孩舉手發問，關於馬列維奇。

我解釋這是一種，馬列的消失，意象的空場，
白晝的崩解，黑夜的垂危。

女孩頹然鬆手嘆息：已經抽離了白日的形色，
怎還有夢裡的維奇？

二〇一四‧六

註：馬列維奇，俄國至上主義倡導者、構成主義、幾何抽象畫家。

你走往任何可能走到
沒有走向的深邃
——寫傑克梅蒂雕塑「行走的人」

走你說
你用說走了
我削削砍向你的憂傷露出深骨痛出古老的吶喊
我走了
你撿起殘餘天空召喚土狼追逐街道的流浪聲犬
莫言只是一塊土，斬殺了卻變成黃澄澄的
金剛

市集走了
廣場走了
野馬走了
群情走了
鳥籠走了
眼光走了
一窩
痴心的胸膛走了
我
還在原地守候炫光守候陰影守候展望守候摯愛守候你的
走向你
舉起空洞的一支無表情的食人指

指向
指向
指向

你指向八方指向十二季指向沒有方位的幽冥的想像
我退回山谷退回溝渠退回你
退回乾坤裡
誰
的真相

二〇一五・一

臺南作家作品集　全書目

● 第一輯

1	我們	黃吉川　著	100.12	180元
2	莫有無——心情三印——	白　聆　著	100.12	180元
3	英雄淚——周定邦布袋戲劇本集	周定邦　著	100.12	240元
4	春日地圖	陳金順　著	100.12	180元
5	葉笛及其現代詩研究	郭倍甄　著	100.12	250元
6	府城詩篇	林宗源　著	100.12	180元
7	走揣臺灣的記持	藍淑貞　著	100.12	180元

● 第二輯

8	趙雲文選	趙　雲　著	陳昌明　主編	102.03	250元
9	人猿之死——林佛兒短篇小說選	林佛兒　著		102.03	300元
10	詩歌聲裡	胡民祥　著		102.03	250元
11	白髮記	陳正雄　著		102.03	200元
12	南鵲是我，我是南鵲	謝孟宗　著		102.03	200元
13	周嘯虹短篇小說選	周嘯虹　著		102.03	200元
14	紫夢春迴雪蝶醉	柯勃臣　著		102.03	220元
15	鹽分地帶文藝營研究	康詠琪　著		102.03	300元

● 第三輯

16	許地山作品選	許地山　著	陳萬益　編著	103.02	250元
17	漁父編年詩文集	王三慶　著		103.02	250元
18	烏腳病庄	楊青矗　著		103.02	250元
19	渡鳥——黃文博臺語詩集1	黃文博　著		103.02	300元
20	吧哖兒女	楊寶山　著		103.02	250元
21	如果‧曾經	林娟娟　著		103.02	200元
22	對邊緣到多元中心：臺語文學主體建構				

●第七輯

40	府城今昔	龔顯宗 著	106.12	300元
41	臺灣鄉土傳奇 二集	黃勁連 編著	106.12	300元
42	眠夢南瀛	陳正雄 著	106.12	250元
43	記憶的盒子	周梅春 著	106.12	250元
44	阿立祖回家	楊寶山 著	106.12	250元
45	顏色	邱致清 著	106.12	250元
46	築劇	陸昕慈 著	106.12	300元
47	夜空恬靜──流星 臺語文學評論	陳金順 著	106.12	300元

●第八輯

48	太陽旗下的小子	林清文 著	108.11	380元
49	落花時節 - 葉笛詩文集	葉笛 著 葉蓁蓁、葉瓊霞編	108.11	360元
50	許達然散文集	許達然 著 莊永清 編	108.11	420元
51	陳玉珠的童話花園	陳玉珠 著	108.11	300元
52	和風 人隨行	陳志良 著	108.11	320元
53	臺南映像	謝振宗 著	108.11	360元
54	【籤詩現代版】天光雲影	林柏維 著	108.11	300元

●第九輯

55	黃靈芝小說選（上冊）	黃靈芝 原著 阮文雅 編譯	109.11	300元
56	黃靈芝小說選（下冊）	黃靈芝 原著 阮文雅 編譯	109.11	300元
57	自畫像	劉耿一 著 曾雅雲 編	109.11	280元
58	素涅集	吳東晟 著	109.11	350元
59	追尋府城	蕭 文 著	109.11	250元
60	臺江大海翁	黃 徙 著	109.11	280元

臺南作家作品集 76（第十二輯）

03
解剖一隻埃及斑蚊

國家圖書館出版品項目編目

解剖一隻埃及斑蚊 / 王羅蜜多著 . -- 初版 . -- 臺
北市 : 卯月齋商行 ; 臺南市 : 臺南市政府文化
局 , 2022.12　面 ；　公分 . -- （臺南作家作品
集 . 第十二輯 ; 76）
ISBN 978-626-95663-2-7（平裝）
863.51　　　　　　　　　　　　111020516

作　　　者｜王羅蜜多
總　　　監｜葉澤山
督　　　導｜陳修程、林韋旭
編輯委員｜王建國、李若鶯、陳昌明、陳萬益、廖淑芳
行政編輯｜何宜芳、陳慧文、蔡宜瑾

總 編 輯｜林廷璋
執行編輯｜烏石設計
封面設計｜陳文德

出　　　版
卯月齋商行
地　　　址｜104001 臺北市中山區中山北路一段 56 巷 2 之 1 號 2 樓
電　　　話｜02-25221795
網　　　址｜https://enka.ink
服務信箱｜enkabunko@gmail.com
臺南市政府文化局
地　　　址｜永華市政中心：70801 臺南市安平區永華路 2 段 6 號 13 樓
　　　　　　民治市政中心：73049 臺南市新營區中正路 23 號
電　　　話｜06-6324453
網　　　址｜https://culture.tainan.gov.tw

印　　　刷｜合和印刷有限公司
總經銷商｜大和書報圖書股份有限公司
法律顧問｜華洋法律事務所　蘇文生律師

定　　　價｜新台幣 220 元
初版一刷｜2022 年 12 月

GPN ｜ 1011102158 ｜ 臺南文學叢書 L153 ｜ 局總號 2022-695